我在大自然中跋涉四十多年，写了几十部作品，其实只是在做一件事：呼唤生态道德——在面临生态危机的世界，展现大自然和生命的壮美——因为只有生态道德才是维系人与自然血脉相连的纽带。我坚信，只有人们以生态道德修身济国，人与自然的和谐之花才会遍地开放。

刘先平

追梦珊瑚

——献给为保护珊瑚而奋斗的科学家

Chase the Dream of Coral

刘先平 著

长江出版传媒 | 长江少年儿童出版社

呼唤生态道德

「代序」

生态道德的缺失，是造成生存环境危机的肇因之一。

感谢大自然！在四十多年的山野跋涉中，大自然给予了我最生动、最深刻的生态道德教育。因而无论是我创作的描写在大熊猫、相思鸟世界探险的长篇小说，还是描写的在野生动植物世界探险的奇遇，都在努力宣扬生态道德，呼唤生态道德在人们的心间生根、发芽。

环境危机重压着这个世界，这已是不争的事实。人们纷纷追究其原因，并寻找济世的良方。实际上，环境危机是生态危机。

建设生态文明，中国为世界树立榜样，具有划时代的意义。生态文明建设必然呼唤着生态法律的完善、生态道德的树立，以从根本上消解环境危机，保护、营造良好的生态。

法律和道德是一切文明的两大支柱，也是人类文明的标志。几千年来，我们已拥有处理人与人之间和人与社会之间关系的行为规范、准则、法律及道德规范，却缺少处理人与自然关系的行为规范。《辞海》对“道德”的释文是：“道德是以善恶评价的方式来评论和调节人的行为的规范手段和人类自我完善的一种社会价值形态。”这足以说明：人与自然之间的关系根本未纳入“道德”的范畴，生态道德缺位；抑或可以说，生态道德根本没有进入我们的观念。这是认识的失误。

“生态”一词的出现，至今不过两百来年的历史，而对生态与人、与生存环境的紧密关联的讨论，在时间上则是更近的事情。这也从另一个侧面反映了人类在认识自然、认识人与自然、认识人与环境方面的重大失误，更加说明了树立生态道德的紧迫性和重要性。如果不能在全社会牢固地树立生态道德的观念，就无法建设生态文明及人与自然和谐的社会。

正是生态道德的缺失带来了环境危机。长期以来，我们在处理人与自然关系方面，根本没有建立系统的行为规范和道德，法律也严重滞后。因而，人们对大自然进行无情的掠夺，无视其他生命的权利，任意倾泻垃圾；没有预后评估、监测的科技滥用造成环境污染、资源枯竭，让生态失去了平衡。这些行为招来了大自然的严厉惩罚，直到危及人类本身的生存时，人类才迫不得已地去重新审视其与自然的关系，规范人与自然关系的法律和生态道德的重要性才得以凸显。生态道德与其他道德相比，有着鲜明的特点——它强调、突出人与自然的关系。我们亟须建立人类针对自然的行为规范，以调节人与自然之间的关系，从而消解环境危机，构建人与自然的和谐。这是时代向我们提出的重大命题之一。

相比较而言，树立生态道德比制定、完善生态法律，有其更为艰巨的一面。法律是“由国家强制执行的行为规则”，而道德则是公民应具有的修养和品质，是自觉的自我约束。当然，对法律的遵守，也是完善修养和道德的表现。法律可以明令从哪一天开始执行或终止，但同样的方法并不适用于道德。例如，有的行为违背了道德，却并不违背法律。这大概也就是媒体纷纷设立“道德法庭”的原因。生态道德在全社会的树立，是个艰难而长期的任务，需要经历启蒙和培养的过程，对一个人来说，甚至可能是终生的。它需要全体公民的参与和努力。

四十多年在大自然的考察，七十多年的人生经历，使我逐渐深刻地认识到树立生态道德的重要性和紧迫性。四十多年来我所描写的青山绿水，现在已有不少变得面目全非：大片原始森林被砍伐了，很多小溪小河都已退化或干涸，有些物种消亡了……

记得 1981 年我第一次到西部去，云南的滇池，四川的岷江、大渡河、若尔盖湿地所具有的美丽而壮阔的景象，让我心潮澎湃。现在，滇池早已被污染，变臭。2007 年 10 月，我再去川西，经过岷江、大渡河流域，看到到处在建水电站，层层拦江垒坝。在一个山村水电站工地，村民忧心忡忡地诉说：“大坝建成后，村前的小河就会干涸，到哪里去找吃的水啊？”这种只顾眼前的利益，无序、愚蠢地“改造自然”的行为对整个生态系统的破坏，早有显现。我国最大的高寒泥炭沼泽湿地若尔盖，泥炭层最深达 9 米，它在雨季吸水，枯季溢水，1000 克干泥炭可吸蓄 8 千克至 12 千克的水。它是黄河上游的蓄水库，蓄水量相当于三个葛洲坝。枯水季节，黄河水的 30%（一说 40%）由这里补给。但在 20 世纪，人类曾挖沟沥水，采掘泥炭，现在湿地已大面积退化为草原，沙化、鼠害严重。最具讽刺意味的是，有摄制组在这里拍摄红军战士过草地的场景时，竟然无法找到可以让演员深陷其中的沼泽，只好人工制造。如此，黄河屡屡断流，当然不足为怪了！

水是生命的源泉。水污染给整个生物链带来灾难性的影响，让人类的健康、生命处于极不安全的状态。中国五大淡水湖是长江中下游湖泊群的代表，是人口最为密集地区的生命线。但只经历了短短的二十多年，其中的太湖、巢湖已是一湖臭水，根本无法饮用。其他的也都面临着湖面缩小、水质污染等生态恶化问题。在经济发达的长三角、珠三角，水污染更是触目惊心。

大自然养育了人类，可我们缺失了感恩之心，缺失了对其他生命的尊重，妄自尊大，胡作非为。当人类对自然缺失了道德，自然也会给人类以加倍的惩罚！

我曾立志要为祖国秀丽的山河谱写壮美的诗篇，但只是短短的三四十年，我所描写的山川河流不少都已成为“历史”和“老照片”。

我曾冒着种种危险和艰难，在野生动植物世界探险，无论是描写滇金丝猴、梅花鹿、黑叶猴，还是红树林、大树杜鹃，都是为了歌颂生命的美丽，但是总也避免不了目睹生命的悲壮——它们在人类的猎杀和砍伐下苦苦挣扎。就连每年要进行一次宏伟生育大迁徙的藏羚羊，或是给人类带来福祉的麝，或是山野中呼唤爱的黑麂，都无可避免地遭受着厄运。它们生存的空间正被人类蚕食、掠夺。

这使我产生了无限的忧伤和愤怒，也促使我更加努力地呼唤生态道德的树立，也更寄希望于孩子——他们是人类的未来。

正是大自然的生存状态，激起我决心在一些作品之后写下后记，为过去，为未来，立此存照。

四十多年来，大自然以真挚、淳朴和无比的热情，接纳了我这个跋涉者，倾听我的诉说，抚慰我的心灵，与我结下了深厚的友谊。无论是山川湖泽，还是野生动植物世界的生灵，都是我的朋友。

热爱生命，尊重生命，热爱自然，保护自然，保护环境，是生态道德最基本的范畴。

我们来自于自然,与自然有着血肉相连的关系。早期的人类对自然是崇拜、敬畏的。很多部落将动物的形象作为图腾。我们的祖先对人和自然关系的认识，曾有过很多智慧的表述，如“天人合一”、盘古开天地的创世之说等，至今仍是经典。

从世界教育史考察，对自然的认识，一直是教育最基本、最经典的内容，它为我们讲述天体、气象、山川、森林、环境和资源等。我们的祖先曾以人类生存的环境、人类在自然中的位置作为人生的启蒙，在人生的启蒙阶段培养对生命的热爱，对自然的感恩。但这种优良的传统，随着人类社会、经济，尤其是科学技术的发展，逐渐淡化或消失。城市钢筋水泥的建筑，活生生地切断了人们与自然的联系。生活在现代都市里的孩子不知稻、麦为何物已不是怪事。缺失生态道德的社会，由于科学技术的发展，不仅使自然失去了“自然”，更为可怕的是使人类失去了自然。

我希望用大自然探险奇遇，还给人们一个真实的大自然世界，激活人类曾有的记忆，接通与大自然相连的血脉，让人们接受生态道德的洗礼、启蒙，同时启迪人们对人类自身的未来予以思考。请千万不要忘记，大自然是人类的母亲，大自然也是知识之源，人类正是在不断探索自然奥秘的过程中，才使科学技术发展到辉煌灿烂。即使到今天，生命起源仍是最艰深的命题。

道德是一个人的品质、修养、不朽的精神；道德力量的伟大，犹如日月星辰。我一直坚信，只有人们以生态道德修身济国，人与自然的和谐之花才会遍地开放。

目录

引子

宇宙是大自然创作的最壮美的诗篇。

天文学家说，天地之间有众多的宇宙，每一个都有自己的特性、自己的组合。它们之间，只要有毫厘之差，那准是宇宙大灾难。

我们只生活在众多宇宙中的一个，这个宇宙有无数星系，我们只生活在太阳系。

太阳系有八大行星和众多卫星，我们只生活在其中之一的地球上。

目前，只有地球以最神奇的组合方式，恰好适宜生命的存在——只有地球才是人类唯一的家园。这是一个多么美妙的组合！多少个神奇叠加在一起，才将幸运赐予人类！

保护我们的家园，就是保护我们自己！

海洋的面积占地球的三分之二。

我们的家园有三分之二是海洋。

科学家说，大海蕴藏着丰富，孕育着神秘，可经过几千年发展，我们对

大海的了解却只有 1%。

我们对大海的了解远远不够。

在珊瑚礁中，众多生物共同形成一个特殊的生态系统——珊瑚礁生态系统。它与陆地上的热带雨林系统相似，所以又被誉为海洋的热带雨林或热带海洋的绿洲，是海洋的顶级生态系统。

全世界的珊瑚礁仅占海洋面积的四百分之一，却有四分之一的海洋生物生活在珊瑚礁中。

《2004 年世界珊瑚礁现状报告》指出，全球有 20% 的珊瑚礁被彻底摧毁，50% 的珊瑚礁处于危险之中。

据有关专家估计，我国近岸珊瑚礁已缩减 80%。

发现钻石红珊瑚？

世界上只有一种呼吸，吐纳之间具有惊天动地的神奇。这就是大海的呼吸，它以潮起潮落宣示着生命律动的波澜壮阔。

大海的灵魂是月亮。月亮虽远在 38.4 万千米外的高空，却赋予了大海血脉的张弛、生物的荣衰。难道月亮是从大海出走，却又时时眷顾故乡的游子？难道这也是引力波的作用？

我和李老师在西沙群岛读海。

椰树的羽叶在微风中絮语，永兴岛和七连屿之间的红海门海况很好。午后的一场小雨将蔚蓝的天空洗得透明、晶莹。靛青的大海闪着红晕。只有在南海极目天空和大海，你才能领悟“青出于蓝而胜于蓝”“春来江水绿如蓝”所说的那种色彩相融与变幻的美妙。

细浪悠闲地漫步。远处时而蹿起巨大的水花，如大漠孤烟——是鲸，是鱼？

读得我思绪如大海一样翻涌……

不知为什么，山海关那幅千古传颂的对联“海水朝朝朝朝朝朝朝落，浮云长长长长长长长消”时时在我脑海里浮现。

李老师在退潮后的礁盘上拾着贝壳，以另一种方式读海，探视大海深处的五彩缤纷。

昨天，她在一个小水凼中，看到一条灰黑的虾虎鱼正驮着一只彩色的枪虾寻找猎物。那位穿着花里胡哨的“彩衣骑士”在虾虎鱼的导猎下张牙舞爪，显得神气活现。看久了，才发现枪虾竟然是个近视眼，需要借助虾虎鱼敏锐的眼力才能捕猎成功。李老师故作扰动，可还未看清仓皇的枪虾是怎么动作的，虾虎鱼就以闪电般的速度驮着“骑士”，钻进了一个已掘出的洞里……它们组成的生命共同体，令她赞叹不已。

“你看，那边是什么？就在露出来的珊瑚礁上面！”李老师惊乍乍地喊出声，还未等我答话——其实我什么也没看到，在野外，她一向眼尖，常常比我先发现新奇——她已经一溜儿小跑过去了。

“哎，正涨潮哩。当心！”我说。

潮水已摧起水波向这边涌来。她不是不知道。别看落潮后露出的礁盘看似平坦，但坑坑洼洼，小水凼密布；更有软礁盘，就像沼泽地，一脚下去，就是个大窟洞。是什么宝贝使她如此着急？慌得我连忙追去。

李老师涉水声很大，溅起的水花乱飞。潮水来得真快，我心里更急，只得拼命追去。

只见李老师从礁石上抓了个物件，转身飞快地抄近路向岸边跑。

▲ 从高空俯瞰，七连屿如七星联珠（西沙海洋博物馆供稿）

我们的裤子、鞋子都湿了。我直埋怨她:“你没看到涨潮吗?”

“没看到我会那样急着跑?现在你还能再看到那块礁石?”

真的,它已被潮水淹得只露出个尖尖。

“什么宝贝?”我问。

她把右手一摊,一块深红色的珊瑚躺在手心。说是块状,却长不长、圆不圆的,然而那艳红的色彩却很热烈。

“是红珊瑚?”她问。

我心里一激灵,但并不敢肯定。在西沙群岛的几十天里,很多渔民都说过红珊瑚的神奇、宝贵。其实,人类早已认识到珊瑚的价值,不仅将它列为四大有机宝石之首,还发现了它的药用价值,《本草纲目》中就有记载。而红珊瑚更是珊瑚中的极品,可我们至今还未在大海中见过,渔民们也没见过。这更引起了我们的无限向往。

我把那块深红的珊瑚审视了一番,发现它像海绵,身上有很多小孔洞,一摇,却很坚硬,没有海绵的弹性。

“不太可能是红珊瑚!听说它生长在深海,怎么可能会在这里出现?”我说。

“不会是潮水打上来的吧?”李老师还沉浸在发现的快乐中。

“你是想疯了吧!红珊瑚已经是极端濒危的物种,它生长缓慢,素有‘千年珊瑚万年红’之说,价格比黄金还高。我看过一个资料,目前世界上最大的红珊瑚于1980年采自台湾省东北部宜兰龟山岛附近海底。这株桃红色的‘珊瑚王’，高 125 厘米，重 75 千克，分有多枝，现被台北市一家珊瑚公司收藏。有人出价 500 万美元，藏家还没卖哩！专家估计，它的年龄应该在 2 万年左右，也就是说，经过这么多年的生长，才长到这个份上，是名副其实的大寿星。因而有人将红珊瑚称为‘海底钻石’。如果这里发现了风浪打上来的红珊瑚，谁还会披波斩浪去打鱼？每天来赶海的人不把礁盘都踩塌了？还等你这位草根探险家来捡？”我说了这么多，可一点也没减去她半分兴致。

“那你说它是不是珊瑚？”李老师说。

“看样子是。”我说。

◀▼ 红珊瑚，珍贵稀有，被誉为“海底钻石”（李珍英拍摄）

“你能说它没有艳艳的红色，南海的热烈？”李老师说。

我语塞。

转而一想，我的确只在西沙的珊瑚岛看过生长在海底的珊瑚。我不是专家，其实并不能给出确切的答案，所以管它是不是红珊瑚哩，几十年的大自然探险经历告诉我，发现就是快乐！大自然蕴藏着无穷的神奇和奥秘，怀着崇敬和朝圣的心情走万里路，一定会有发现！否则为什么我们经历过那么多艰难险阻，到了七十多岁，还像老顽童一般跑到西沙群岛来探险？科学家不是说人类对大海的认识只有 1% 吗？我们怎么知道它就一定不是红珊瑚哩？怎么知道它就一定不是新物种呢？李老师冒险捡来的红色珊瑚让她这么快乐，这还不值得？于是，我说：“真的，说不定它就是红珊瑚！咱们赶紧回去换掉湿衣服，晚上还有好事等着我们呢！”

我们踏着月色走向渔村，林间宁静、温馨，微风拂来椰花沁心的芬芳，淡淡的羊角花在脸上轻轻地抚摸着。椰林中，家家门口灯火辉煌。这时，身后响起一串脚步声，我回头一看，乐了：“陈司令，这么着急是往哪儿赶？”陈司令是永兴岛的驻军司令。

他笑了，示了示手里提的酒：“怎么，有好事就忘了我？”

李老师说：“哪敢！只是没想到阿山今晚办得如此隆重。这家伙做事总要制造一大串悬念，让你不能不按他说的办。”

阿山是我们第一次到西沙时在船上结识的渔民。他年轻，爱在大海中闯荡，精明，幽默。李老师常说他是渔民精英。我们一见如故，后来就是他带我们去钓石斑鱼、马鲛鱼、蓝金枪，遭遇了种种惊险，收获了无限喜悦。

“有悬念才有故事。刘老师不就是天涯海角找故事嘛！”陈司令说。

几十天的相处，我们和陈司令已是老朋友了。说着话儿，已看到阿山家门口坐了几位年轻客人。看样子，我们还是来迟了。

阿山和他的妻子阿慧怡然自得地坐在桌边喝着茶，嗑着瓜子，那几位客人则边饮茶，边吃生菜。那是一大箧盆翠嫩翠嫩、沾着晶莹水珠的生菜，显然是从阿山家菜园摘来的。既无盐，又没酱，他们却津津有味地细嚼慢咽，很绅士，可拿菜的速度并不慢。山东人就爱这样吃大葱。难道他们是从遥远的北方来的？但从衣着上看，应该都是广东流行的款式和色彩，特别是那位女同胞的衣着，洋溢着热带的浓烈。

李老师碰了碰我的手臂，我懂她的意思——他们这样吃生菜，就像品尝美味的水果。再看那位女同胞的脸上，明显有渴望被满足的表情——是心灵对绿色的渴望，还是绿色抚慰了心灵？

“中建岛……”她一句没头没脑的话，激得我记忆闸门霎时打开。西沙群岛几乎全是珊瑚岛，岛上没有土，只有白色的珊瑚沙。多年前，守岛战士的生活条件很差，特别是蔬菜和淡水奇缺。最偏远的中建岛竟然见不到一棵树、一棵草，是名副其实的海上大戈壁。有位服役两年的战士下岛探亲，当他在永兴岛上看到一棵抗风桐时，竟哭得惊天动地。过路的战友问他这是怎么了，他竟两手来回抚着婆娑的绿叶，又凑上去深情地嗅着，沉醉在绿叶的芬芳中，流下了感动的泪水……

对，他们就是这种神态！

难道他们也经历了长期的海上漂流？是旅行者，还是闯海者？

“你就这么请客？是不是只请大家吃海风椰韵？”李老师揶揄。

“阿姨，这就冤枉我了。不是在等你吗？马上就上菜。你可别不舍得吃啊！”说着，阿山就从屋里搬来一大盆海鲜，那盆子沉得他弯腰撅屁股。他咧着大嘴，将它往桌上一放，桌面一颤。阿山顺势装模作样地大口喘着气。

“牡蛎，好大好肥！”李老师又惊又喜，伸手一捏，冰凉，“还不赶快拿去煮！”

“当心！”我说。

“它还咬人？难道像芋螺一样有毒舌？”李老师感到诧异。

“不是，是它棱角很锋利，比刀子还快。你忘了我1983年在红树林采它，手被割得鲜血直冒？”我说。

这些牡蛎比巴掌还大，乍一看，灰头土脑的，要不是壳上染有海藻的绿色，还真能叫人以为是个石灰砣砣哩！

阿惠已将作料放到大家面前。

李老师意犹未尽：“在哪里采的？也不带我们去，吃偏食的家伙！”

阿山说：“无功不受禄。阿姨跟我下海这么多趟，还不知道我只是个钓手？螺呀，贝呀，不是撞了手，我是不会拾的。生蚝是皇甫老师带来的。”他眼色指向那位女同胞。

南海渔民称牡蛎为生蚝。西沙渔民多是从海南的谭门、文昌来的，海猎行当分得很专业——钓鱼的不捡海参、螺、贝，捡海的不钓鱼，用网的专攻布网。

先坐在那里的皇甫老师眉清目秀，脸庞白皙透红，娴淑地、静静地喝着茶。我以为她是阿山家今天从海南来的亲戚，谁知是位年轻的老师。

我不禁多看了她两眼。

看阿山还是未动，李老师有点急了："阿山，你锅不动，瓢不响的，只搬来这么大一盆牡蛎，是只给看，不给吃的？"

我感到阿山在导演着什么，于是连连对她使眼色，可她喜欢跟他斗嘴，只顾不依不饶。

阿山在一旁站着，不吱声。一脸的无辜，无辜中藏着诡秘。

那位皇甫老师和她的同伴饶有兴致地微微笑着，等着看热闹。倒是陈司令厚道："刘老师一定知道牡蛎是法国大餐中的美食，是法国人的最爱。巴尔扎克、雨果笔下的贵族们，不仅把生吃牡蛎当成时尚，还视牡蛎为财富、身份的标志。这是今晚的顶级美味。"

"生吃？"这下轮到李老师傻眼了！

她朝我瞄了一眼，我说："没错。据说有的食客一餐能吃一打哩！"说实话，我虽然喜爱牡蛎的美味，在厦门、福州见到牡蛎煎饼，总要吃得心满意足才罢休，可从未吃过生的牡蛎。

和皇甫同来的身材魁梧的小袁，已打开了陈司令带来的葡萄酒，给每人斟上。

陈司令说："难得今天大家聚在一起，缘分呀！缘分就是天下最精彩的故事。来，干了这杯，开吃！"说着，就用工具撬开了牡蛎的硬壳，白白嫩嫩的肉如水泡蛋般躺在壳里。他将各种调料放进去，用勺子一兜，就送到了嘴里，美得眉毛像跳舞一般……陡然连打了两个喷嚏……那是芥末通窍开塞的功效。

大家都开吃了，我也如法炮制。其实，我对吃生鱼片、生虾并不陌生。

我生在巢湖边，每当夏日湖水淹没柳林，我就和小伙伴们边游水，边在柳树红红的须根中摸虾。巢湖的白米虾是特产，又肥又晶亮。捉到后，立即剥壳吃虾仁，满嘴溢着荷香和狂野的风浪酿就的甘醇……

“李老师，你怎么不动手？南海野生的蚝绝对没污染，营养丰富，大滋大补。”陈司令说着，顺手拿了一个放到她面前。

可李老师只是在打量这个灰疙瘩。我知道，她对生鱼片天生畏惧，更别说生吃牡蛎了。

阿山出场了：“阿姨，您当了几十年的班主任，肯定讲过第一个吃螃蟹的人。学生们都动手了，您也不能光说不练啊！”说着，就拿那小工具去撬壳。

“你的激将法没用。我只是在找壳缝。我在热带雨林吃过竹虫，烤得金黄，到嘴满口奶香。你吃过？馋死你！想难为我，没门。看谁笑到最后！”李老师说。

她真的麻利地打开了壳。陈司令忙帮她加调料，可那雪白的肉体竟然蠕动起来，惊得她往后一仰——可能是它受到了调料的刺激。大家一愣。嗨，她却一勺子送到了嘴里。

“怎么还有种蟹黄的香酥感……”李老师说。

一阵热烈的掌声响起。

掌声未落，我突然忍不住叫了一声：“哎哟！”

吃出了珍珠

牙疼得我脸都歪了。我用右手紧紧捂住腮帮，感到头发根根竖起。

一座惊呼："怎么了？怎么了？"

待刺骨的疼痛稍轻，我才将嘴里的牡蛎吐出，连连龇牙吸气。

"硌了牙了！"我说。

李老师连忙在盘子里找，竟然挖出一粒沙子，有绿豆大。

"就这家伙。一粒沙子！怎么事先没让牡蛎吐水？"我说。

阿山赶紧端来一杯凉水，要我先漱口再含着。

"我们养了两三天，该吐的都应该吐出来了！"小袁说。

"像鱼眼珠。可牡蛎不可能吃鱼呀！"

有的说像这，有的说像那……一时猜测声四起。

"这牡蛎是在哪采的？"陈司令将那东西拿到手中，捻着问。

"在东岛旁的礁崖边边上采的。那里有片珊瑚长势很好，还有一种特殊的、从未被发现、没被记录过的珊瑚呢！那里刚好有个陡坎，礁上堆满了牡蛎，我们只采了一小块。那坎儿很陡，一般渔民到不了，要不牡蛎也不会长得这么好。”和皇甫一同来的小李小声说。

“这不像珊瑚沙。珊瑚沙一捻就碎了。皇甫博士，你是研究海洋生物的专家哟，只有请你鉴别了！”陈司令将硌了牙的劳什子递给她。

一听她是博士，又是研究海洋生物的专家，我的牙似乎不那么疼了，只是牙根还酥酥的。只见她用大海般深邃的眼睛审视着，长长的睫毛一跳动，就笑了，笑得很阳光，闪着彩虹的光芒。

“哈哈！刘老师，你中彩了，千载难逢的大彩！”大伙儿都被她说愣了，顿时充满了无限的遐想……

一粒圆圆的小沙子还能具有魔力？难道是海龙王馈赠的宝贝？

可周围又像被下了一道噤声令，谁也没有作声，只有微风在椰树上轻轻拂动。她富有感染力的目光从每个人的脸上滑过，说：“是颗珍珠！还是海珍珠哩！”声音不大，却很震撼。要知道，海珍珠比淡水产的金贵得多！

这真是石破天惊！

“怎么可能？难道它不是牡蛎，是珍珠贝？说笑话了。”李老师按捺不住了。她的知识库里，只有珍珠贝才会长珍珠。

陈司令早已将那宝贝取回审视，说：“袁博士，你再看看。”

他也是博士？只见他也笑眯眯地说：“刘老师真的

中了大彩，这不明明白白闪着珍珠釉嘛！”

阿山、阿惠都来争着看。阿山说："我在西沙闯荡多年了，还真没见过。"

皇甫博士说："肯定还有。不信再找找。"

李老师哪会放过这样的好机会？于是，大家都不动筷子了，围着她看热闹。

李老师用手在我刚吃过的牡蛎里一拨拉，一颗圆圆的珠子就出来了。

"真的，真还有哩！"

"又一个，第三个了！"出来一粒，大家就喊一声。

阿山早已端来一碗清水，李老师每取出一粒，就放进去。

"四个，五个……"一直数到三十六粒，才怎么也找不到了。

碗中晶莹的光彩如流星般闪烁——这就是所谓的"珠光宝气"吧。是的，

▼ 牡蛎含珠（选自视觉中国网）

珍珠一向与琥珀、珊瑚、砗磲并称为四大有机宝石。

“哈哈，还有两颗黑色的。”

“有几颗还泛着紫气哩！”

奇怪，我的牙再无一丝一毫的痛感了。我学着李老师拿起一颗，用手电筒对着照，虽不透明，却更显出可爱。我从心底感叹着大海的神奇，大自然的造化。转而一想，我怎么忘了“宝贝”一词的来源呢！繁体字“貝”就是象形字，“冂”应是贝类的形，中间的“二”应是它壳上的花纹，“八”或许就是它的触手了。古时曾以贝为货币，现在仍能听到将自己的孩子、爱人称为“宝贝”，由此可见贝的价值甚高。

“它怎么也产珍珠？皇甫博士，你不会是好心制造个故事，让刘老师高兴吧？那年我们在广西合浦的海珠养殖场看到他们用的是马氏珍珠贝和白蝶珍珠贝养珍珠，比牡蛎大得多，个个都有盘子大。场地上堆壳如山。”李老师说。

个头敦实、满脸憨厚的小李说：“广西北部湾的北海、合浦可是世界著名的珍珠产地。珍珠行里历来流传着‘西珠不如东珠，东珠不如南珠’的说法。西珠是指欧洲产的珍珠，东珠是指日本产的珍珠，南珠说的就是咱们北海和合浦产的珍珠。”

“珍珠在古人心中是无价的瑰宝。蒙古人虽生活在远离大海的北方草原，但在采集珍珠上却另有高招。每年春天，等天鹅从南方越冬地回到北方时，猎人就放出驯养的海东青——有人说海东青就是金雕——捕捉天鹅，然后从天鹅的嗉囊中寻找珍珠。”陈司令博物学根基深厚。

“各国采集珍珠的历史悠久。英国女王皇冠上的那颗硕大无比、璀璨万分的珍珠就是中国的南珠！而在韩国和日本，过去都有潜入大海采珍珠的女子。那可是一个充满危险的行当，勇敢的人才敢从事。”小袁也来了兴致。

大家很兴奋，简直像在开一场珍珠研讨会。

皇甫博士亲切地说：“阿姨，其实贝类动物都可能产珍珠，只是珍珠的大小、色泽和商业价值不同罢了。珍珠不是贝类自个儿要长的，而是一种自我保护、自我疗伤的产物。贝类会分泌一种物质，将嵌进体内的沙子等异物包裹起来，时间长了就成了珍珠。人工培育珍珠就是将异物植进贝类体内。对了，你肯定见过大海蚌——砗磲吧？有的能长到一米多长。据说，有位酋长的儿子曾在海底见到一个硕大的贝壳，壳里有颗大珠子闪闪发亮，还是最名贵的黑珍珠，于是伸手去摘。黑珍珠是抓到了，可他的手也被夹住了。这是我儿时听到的故事。后来，我在南沙群岛考察，看到一个大砗磲正张开壳子，黑色的外套膜像穿在外面的罩衫，两只彩色的眼睛特别有神。我突发奇想，想验证儿时听到的那个故事，就用根棒子试了试，它果然闭壳了，但连棒子都没夹住，更别说人的手了。原来，故事也只是告诫人们不要贪婪，不要伤害其他生命。但我确实见过砗磲中有珍珠，虽然很大，但品相不好，商业价值不高。谢天谢地，否则它不知还要遭受怎样的灾难。你看，鹿、麝都给人类带来了福祉，可人类却以怨报德，大肆掠杀。珊瑚的命运也是如此……”

“你研究珊瑚很有年头了，没记错的话，这是第四次来永兴岛考察了。是什么惊动了你这位首席科学家？追梦之旅进展如何？”陈司令说。

“正在路上哩！”她笑了。

“能说得详细点吗？”我问得很急切。

“珊瑚礁生态系统是海洋中的顶级系统，犹如陆地上的热带雨林。珊瑚礁只占海洋面积的四百分之一，但生物多样性却占海洋的四分之一，有 4000 多

▲ 美丽的有鳞砗磲——紫色的部分是它的身体，外壳上长有一片片鳞壳（李珍英拍摄）

种（也有说 5000—8000 种）鱼类生活在珊瑚礁中。它出了问题，那将是整个海洋生态系统的大灾难。对珊瑚礁生态系统的破坏，无外乎天灾人祸。以天灾为例，1977 年那次全球性厄尔尼诺造成海洋水温升高，珊瑚热白化严重。但人祸对珊瑚礁生态系统的破坏更大。说到底，天灾也是由人祸引起的，比如气候变暖就是过度排放二氧化碳造成的。2006 年，我们来西沙群岛考察，发现这里的珊瑚礁与我国近岸珊瑚礁至少缩减 80% 的现状不同，珊瑚品种丰富，生态状况良好。这至少说明，天灾人祸对西沙珊瑚的影响不大，或者是影响大，但恢复快。不管是哪种情况，事实有力地证明了自然有强大的修复能力！”皇甫博士说。

“这是皇甫老师和我们团队多年考察的结论，与过去学界普遍认为‘遭到热白化灾难或人为破坏后，珊瑚礁生态系统是不可能或很难依靠自然力恢复’的观点截然不同，为恢复、繁荣珊瑚礁生态系统指明了新的方向。这也是我们团队追梦珊瑚的理论基础。”小袁说。

皇甫博士接着说：“这次去东岛，主要是看那里珊瑚礁恢复的情况。之前，我们就已发现虫黄藻回到了热白化的珊瑚中，珊瑚又生机盎然了。这次去，看到珊瑚复苏面积更大，长势更好，证明了自然恢复力的强大。当然，东岛那边恢复得好，也是因为有守岛战士的保护。应该感谢这些最可爱的人。我们这次来考察，还要看实施了‘封海育珊瑚，植珊瑚造礁’后的情况，总结经验。如果效果好，我们将加大力度推广。”

“珊瑚也能种能栽？这不像是封山育林、植树造林吗？有意思！”李老师说。

“确实是受了封山育林、植树造林的启发。”皇甫博士说得很坦诚，“‘封海育珊瑚’主要是采取保护措施,使受到破坏的珊瑚利用自然力休养生息。‘植珊瑚造礁’有两种方法：一是人工孵化、培养珊瑚幼苗，再将其放到珊瑚贫瘠的海域造礁；二是将生长较好的珊瑚移栽到被破坏的珊瑚礁上，以期壮大、繁荣。”

“珊瑚虫是动物，不是树苗、菜秧，而且小到我们肉眼都看不到。你们要种珊瑚，这不是异想天开吗？”李老师的较真劲儿又来了。

“这只是简单说。其实，这可是经过几年来从福建到南沙群岛的考察，以及日日夜夜对珊瑚生态的研究，才确定下来的总体设想。也正是这个宏伟的梦想，凝成了我们团队的灵魂。确实有人怀疑过，但事实证明，我们正在追梦珊瑚。不信吗？看看我们栽活的珊瑚就不能不信了！”小袁说得很自豪。

李老师刨根问底的劲儿又来了：“怎么知道白化后的珊瑚又活了？”

小袁博士说：“这是个好问题！首先我们要知道珊瑚白化这个概念。珊瑚白化就是珊瑚颜色变白的现象。在正常情况下，珊瑚呈现蓝、绿、紫、黄、红等不同颜色，然而这些颜色并不是珊瑚本身拥有的，而是来自珊瑚体内的虫黄藻。珊瑚虫依赖体内的微型共生海藻虫黄藻生存，虫黄藻通过光合作用向珊瑚虫提供能量。如果虫黄藻离开或死亡，珊瑚就会变白，最终因失去营养供应而死。判断白化的珊瑚活过来的方法很简单，就是看珊瑚是否又多姿多彩了，恢复了生命的光辉。所有造礁珊瑚的体内都必须有虫黄藻，这就是大自然创造的最为神奇的动植物结合的命运共同体！其实，有些贝壳体内也共生着虫黄藻呢……”

小袁的话还没说完，李老师就兴奋地接上了：“哈哈！原来如此！我们吃的牡蛎就是你们的研究样本呀！你们是为了研究虫黄藻为什么又回到珊瑚体内，所以才去考察砗磲、牡蛎体内有没有虫黄藻，有多少，进而研究珊瑚礁生态系统中生物之间的相互关系……看样子，这牡蛎我们不能再享用了。”

“没事，你们敞开吃吧。我们已经留够了实验样本。”小李说。

“看来你们几位都是大博士。你们的研究方向是……”李老师说。

“我们都是皇甫老师珊瑚生物学和珊瑚礁生态学研究团队的。说白一点，就是研究如何保护珊瑚礁生态系统，如何修复被破坏的珊瑚礁生态系统。李博士的研究方向是海洋藻类与珊瑚的关系……”小袁博士正要介绍另一位，那位壮实、黝黑的小伙子突然打断他说：“我是聘来的潜水员，姓笪。”这个特殊的姓氏引得我们笑了起来。

阿山说：“别笑，他不仅姓笪，还是疍家人。疍家人是生活在沿海的一个拥有独特文化的族群。有空请他讲讲疍家人的生活，一定很有趣。”

“嘻嘻，众里寻他千百度，珍珠硌牙，疼了之后，他们都在灯火阑珊处！塞翁失马，焉知非福！真该谢谢小阿山，够朋友，没枉我授予你‘精英渔民’的称号，你总是给我们创造惊喜！真是福星高照！我也正要找研究珊瑚的专家哩，没想到你们竟然送上门来了。你们喝酒，我赶快去把那宝贝拿来请教，机不可失，时不再来。”说着，李老师拿起手电筒就走了。大家都不明白她为什么那样兴高采烈。

鲜明的主题，难得的缘分，已消融了在座来自天南海北的地域隔膜，大家连连干杯，个个容光焕发。我这才知道皇甫的豪饮和小袁更胜一筹的酒量。渔民们常说，酒是大海酿造的甘露，架起的是知音的桥梁，不懂酒的人就不懂大海。酒能激起满腔的豪情。这些在大海中闯荡的朋友聚到一起，别说阿山了，就连他妻子小惠也加入了豪饮的行列。

珊瑚梦

正当酒酣时，李老师乐颠颠地来了，把手中的宝贝一摊："珊瑚。红的！"

不知谁惊喜地叫了一声，大家都凑近来看。特别是小笪，眼睛瞪得又大又圆，黝黑的脸上放射出贼亮的光："阿姨，你从哪儿捡到的？"

"永兴岛靠红海门那边。今天傍晚！"李老师说。

"哈哈，是红珊瑚！好漂亮啊！"阿山一本正经地惊喜道。可我看到那一本正经中藏着的坏笑。

"你别瞎起哄。我是来请教皇甫博士的。"李老师说。

"李老师，算你问对人了。皇甫老师是最权威的研究红珊瑚的专家。海关和公安局碰到走私、偷采红珊瑚的案子，都要找她呢！"小袁说。

皇甫博士显然早已了然，但直到此时，她才很有礼貌地把珊瑚拿到手中，仔细看了看，说："确实是珊瑚，颜色艳红，看相好，体积不算太小，有好手艺的师傅，肯定能雕出个艺术品。其实，别看珊瑚虫只有针尖大，但每一个都是神秘而完美的生命，它们创造的千姿百态的珊瑚礁都是艺术品。去年，有位记者朋友给我发来一张照片，照片中，一位潜水者拿了个红色的珊瑚，问我是不是红珊瑚。我告诉他，这是柏柳珊瑚。柏柳珊瑚也常呈红色，所以会被误认为是红珊瑚。红珊瑚自有一个科，它的特征是有圆实的、含高镁碳酸钙的中轴。当然，它还有很多其他特征，颜色也不全是红色，还有橙黄色和白色。”

“你的意思我明白了，它不是真正的红珊瑚，只是红色的珊瑚。那它叫什么名字？”李老师也不傻。

“你看，它有很多管状的小孔，像不像苗族同胞吹的乐器？”皇甫老师说。

“真有点像芦笙哩！”李老师说。

皇甫博士明媚地笑了：“对，它就叫笙珊瑚，也是一个稀有品种。小袁，前年在浪花礁那边，你们不是也采到了一块面盆大小的笙珊瑚化石吗？”

李老师笑得很灿烂，乐滋滋地说：“谢谢你给了我知识，让我认识了一位大海朋友！更谢谢你给了我发现的快乐！南海有真正的红珊瑚吗？你们在考察中见过活的吗？在海底绽放的红珊瑚是多么美丽的奇景啊！”

皇甫博士说：“南海当然有，而且蕴藏量相当可观。从历史资料上看，三国时期，康泰、朱应的《扶南传》中已有对珊瑚的准确记载。而关于红珊瑚，据文字记载，19 世纪 80 年代在地中海已有成规模的开采；到 19 世纪末，太平洋的红珊瑚主要产于琉球群岛、小笠原群岛；1980 年后，红珊瑚又在中途岛和夏威夷等地被发现。作为宝石的红珊瑚，不仅可被制成人们喜爱的首饰，而且其工艺品更是价值连城。1985 年第 9 期《人民画报》上刊载的《六臂佛锁蛟龙》，就是由一株主干粗壮、杈枝较多的深红色的红珊瑚雕刻而成的。主干雕成了佛，杈枝雕成了 10 多厘米长的蛟龙。佛像的右臂上雕出了一条 30 多厘米长的锁链，锁住蛟龙。佛的六臂袒露，腰间披一缕轻纱。雕塑以栩栩如生的形象展示了锁住蛟龙、制服洪水、造福人民的主题。此外，金珊瑚、黑珊瑚、竹节珊瑚的化石也都属于宝石级，是大海献给人类的宝贵财富。可正因为如此，它们遭到了人类疯狂的开采。据《2004年世界珊瑚礁现状报告》，全世界已有20%的珊瑚死亡，50%的珊瑚处于危险之中。我国近岸珊瑚礁遭受的破坏比这个数字还要大。这使我们感到巨大的压力。”

她的话让我们一会儿兴奋，一会儿忧虑，但李老师还是忍不住追问：“你们在南海见到了红珊瑚吗？”

“它们生活在100米下的深海，别说我们潜水所的装备到不了那里，就是一般的专业潜水员也不可能潜到那个深度。我们不可能看到。”小袁说。

“这反倒有利于生态保护。就像我们去过的阿尔金山自然保护区，它被35座海拔5000米以上的山峰环绕，有388条冰川，才保护了几万只藏羚羊、野牦牛、野驴，我们前后历经8年、3次，才在朋友们的帮助下进去。”李老师说。

“现在有深海潜水器，下潜四五千米都不成问题。贪婪的家伙总是有办法的。”小李说。

“你们知道哪里有红珊瑚，在那儿建立保护区不就好了！”李老师说。

“这可不行！保护区一建立，不就等于公开了红珊瑚的产地？这会引来更多的盗采者。再说，海洋太大了，那得多少人去守护？”小袁说。

“哎呀！我明白了。难怪皇甫博士一直没说南海哪儿有红珊瑚！还是保密为上！”李老师说。

◀ 红珊瑚雕《六臂佛锁蛟龙》（选自汇图网）

“各国的红珊瑚产地都是保密的。我们珊瑚科考队员都要签订保密协议。皇甫老师是我国研究红珊瑚的顶级专家，没有谁比她更清楚它的产地。”小袁说。

“你不是说你们无法实地考察红珊瑚吗？难道她的前辈是研究红珊瑚的，把记忆密码传给了她？”李老师说。

“还真让你说对了。她的老师就是我国最早研究红珊瑚的，围着她转的人可多了，所以就成了重点保护对象。”小袁说。

“追我的人多，那是因为我长得美。你酒喝多了，酒话连篇，不着边际，像是在写魔幻小说。来来来，再喝两杯醒醒酒。”皇甫晖忍不住打断他的话。

我看到皇甫博士多次向小袁投去制止的眼神。小袁可能喝高了，处于亢奋状态，根本就没看到。

然而，除开皇甫博士的话和小袁的口无遮拦，有一个眼神却浮上了我的心头。虽然那眼神的闪烁只有三分之一秒，却像烙印一般刻在我的心中，因为它充满了灵魂的复杂——我一时无法解释清楚，只觉得不安。这眼神来自于小笪。可我第一眼见到他时，脑海里冒出的是“黑面包”这个词——黝黑的圆脸，胖胖的身材，整个人那么憨厚、可爱。唉，这是怎么回事？我自己也糊涂了。对，在小袁说话时，他至少两次闪过那样的眼神……警匪小说看多了？可红珊瑚不就是海洋中的钻石吗？谁掌握了宝藏，谁就多了一分危险。

谁的手机在响？皇甫博士已经离开座位，出去接电话了，只隐约听到她回话：“不行。那里在保护区内，绝对不能建游艇码头……市里不是答应修改方案吗？怎么，耍了个花招，还要建？你告诉他们，环评通不过……我现在回不去，还有几个点要考察。一结束，我就过去。”

她回来了，小袁看她满脸的忧愤，说：“还是那个保护区？我们辛辛苦苦那么多年搞保护，他们顷刻就能把它破坏得一塌糊涂。那可是我国建立的第一个珊瑚礁自然保护区啊！”

“大气变化等自然因素对珊瑚礁生态系统造成的破坏好修复，因为海洋本身就有修复能力，但炸鱼和填海造地这种人为因素的破坏，再想修复，就难多了！林业上，封山育林取得过很好的效果，保护珊瑚礁也应该‘封海育珊瑚’。”皇甫博士说。

陈司令说：“我一直很赞同你的理念，更赞赏你的‘封海育珊瑚，植珊瑚造礁’的宏伟构想！有人说这是异想天开，其实科学就是要实现异想天开的事！梦想能激励人们克服万难！既然对自然因素和人为因素造成的珊瑚破坏有不同的应对办法，你们从这个方向入手，研究对策，路子对，担子重啊！你们缺的柴油，我正准备请人送到船上，还缺什么，尽管说。感谢你们每到一个岛，都给战士们讲课。战士们都说，不仅要保护海疆，还要保护海洋生态，因为海疆中就包含了生态，生态就是财富。中国科大的老师在东岛研究鲣鸟，结果帮部队培养了一位‘鸟博士’，他还娶了位科大的女硕士，也希望你们能再帮我们培养一两个‘珊瑚博士’出来。文化是部队的软实力！这也是帮助我建设部队啊！”

“珊瑚岛上的小安就很有长进，我们已经把很多观测任务都交给他了。他写的观察记录实际上就是考察报告。此人很有前途，我还在向大学推荐他。基础理论打扎实了，再过几年，我收他当在职研究生。其实，在实践中学习，进步更快！我们真的不缺什么了。你们给了很多帮助,真的非常感谢！”皇甫博士说。

“一听你这话，我就高兴。对了，看你们刚才那样馋生菜，肯定是断了新鲜蔬菜吧？我让他们再送点。”陈司令关切地说。

“不用了，阿山已经送了不少蔬菜。再说你们也不富裕。”皇甫博士说。

“阿山的菜园子巴掌大，能有多少菜？过去我在岛上当战士，大风，海况坏，十天半月吃不到蔬菜是常事，光吃罐头。后来一见到罐头就想吐，逼得战士们探亲回来就背土，在岛上种菜。现在，在科委的帮助下，好几个岛都建立起现代化的蔬菜大棚。再说，后天海南送给养的船就来了。”陈司令说。

“谢谢，真的太谢谢了！”皇甫博士说。

“你们今晚就住我们的招待所吧，好好洗个热水澡，安心睡个踏实觉。”陈司令说。

“已经在阿山家冲过凉了。船上还有一帮子人，晚上要下海，只能回船上了！”皇甫博士说。

听到这里,李老师对我又是使眼色,又是碰胳膊。其实我早就按捺不住了。

“今晚真是让我大开眼界。我从小就生长在巢湖边，一直向往着更大的湖——海。大博士，愿意收我们两个老顽童当学生吗？”我兴奋地问。

陈司令也很凑趣：“两位老先生可是大探险家啊！六上青藏高原，三次穿越塔克拉玛干大沙漠，两次走进帕米尔高原，多年穿行横断山脉……”

“陈司令，你这是夸我们还是在笑我们痴心不改啊？”我说。

“陈司令是在帮你们说话，打消我的顾虑。其实，你们来之前，阿山已经跟我说了和你们一同钓金枪鱼，遭遇‘海底变色龙’的故事。我十分敬佩两位老师为保护大自然几十年如一日奔走呼号。其实，我们做的是同一工作，心灵早已相通，我们才是你们的学生呀！”皇甫博士发自内心地说。

“好呀，现在就想跟你上船去看看，欢迎吧？”我说。

“太好了！”皇甫博士话音刚落，小李就说：“两位老师，我也是安徽人。在这天涯海角见到老乡，不是两眼泪汪汪，真的是心情激荡啊！”

小袁走起路来已经有些踉跄了，可皇甫博士却走得很轻盈。我们穿过渔村，不一会儿就来到了灯火辉煌的海港。

流星雨

夜晚，永兴岛特别迷人。星星在树叶间跳动，如幻如梦，海浪在远处翻浮，轻歌曼舞。

绰约多姿的椰林掩映着港口，这边停的多是当地的小渔船，渔火在波浪上起伏，犹如闪烁的繁星。

“你们的考察船没进港？”李老师犹疑。她在寻找印象中的现代考察船。

“那条船就是我们的。”皇甫博士指着前面。

那是一条木船，看起来吨位不大，但在众多停泊的小船中还是引人注目的。岛上的渔民平时多在珊瑚礁盘上钓鱼、拾贝，小船灵巧、机动，只是到了鱼汛或去外海时，才四五艘一群跟随大船作业。与其说这条木船使李老师有些失望，倒不如说让她感到考察工作的艰辛。就拿从海南到永兴岛 13 个小时的海程来说，有很多人都晕船，连胆汁都吐出来了，更何况他们日日夜夜都在船上。

“即便是租用这样的船，也已经花去了我们大量考察经费。

其实船小也有船小的好处，挺灵便的。”多敏锐的眼光！皇甫博士似乎看透了李老师的心思。

“当年，达尔文所乘的‘贝格尔’号考察船也只比它大一点。环球考察后，他不是照样写出了震惊世界的《物种起源》？真的，乘木船考察，使我们常常想起达尔文当年对生物进化的探索，至今这个课题仍是科学界最

▼ 从高空俯瞰永兴岛（西沙海洋博物馆供稿）

尖端的课题之一。”小李充满了自豪。

刚登上船，我们就收到了乘员们好奇的目光。我和李老师在野外跋涉了几十年，对这样的场面并不陌生，也没有任何局促感。

船虽不大，但各种器具都摆放得井井有条。只是住宿的舱房太小了，像野外露营的小帐篷。

我们发现，七八个大男人中间，只有皇甫博士一位女将，心想她肯定是位硬角色。看到小李、小笪、小袁正在忙碌着，我问："今晚还有任务？"

"要去 6 号海域考察，看看那里移栽的珊瑚的生长状况。"小李说。

"夜里也要去？天这么黑！你们不是今天刚到吗？怎么不休息休息？"李老师又在使心眼侦察了。

"有些科目必须在夜里进行。那时候，珊瑚虫最活跃。而白天，它们只是休养生息。没见过的人很难想象出珊瑚在夜里生龙活虎的样子！"小李回答。

"你们肯定要潜水吧？"李老师继续侦察。

"岸上看海，只能看到海的表面。只有潜入大海，才能看到真正的海，那是一个神奇的世界。"小李说。

李老师乐得容光焕发，她乘胜追击："哈哈，真是运气好！在西沙群岛这么多天，都是白天站在海边或礁盘上看珊瑚。虽然它们也是五彩缤纷的，但就像大家闺秀，矜持、端庄，总感觉少了一些精气神。原来，它们是夜行动物呀——白天只管睡觉，晚上才龙腾虎跃。这样难得的机会今晚竟让我们碰上了。大博士，我们也想去见识见识，不会不欢迎吧？"

大概谁也没想到李老师会提这样的要求，他们面面相觑，频频交换着眼色。

"这是大海，又是黑夜，我们要潜到海下考察，你们站在船上肯定看不到海里的珊瑚……恐怕……"小袁刚一张口，就弥漫起一股酒气，"你和刘老师会潜水吗？"

"两位老师恐怕只会像阿山在水齐腰深的礁盘上钓鱼一样，戴个潜水镜，先俯身下去察看鱼情，再投钩……可要知道潜水是一项特种技能，除了得在专业老师的指导下学习一段时间，还得有套潜水装备。如果贸然下去，很容易因为水压过大而得潜水病。”小笪看我们不语，赶紧说。

“那有什么难的！”李老师指了指我，“在珊瑚岛，刘老师也潜过水。”

我看皇甫博士已用目光将我们审视了一遍，忙说：“我们只是想体验体验你们怎么潜水，怎么考察。都把潜水说得挺神的，其实就是‘扎猛子’。当然，我们没那个本事，看看总可以吧？你们去的地方不会像红珊瑚产地那样高度保密吧？皇甫博士，可不能嫌弃我们年岁大呀！”

“常说老来是个宝。难得二老还有这样的精神状态，我们只有学习的份儿。都说 21 世纪是海洋世纪，刘老师是作家，用作品宣传保护海洋、保护珊瑚礁生态系统，这可能会影响千万读者，比我们的科学论文影响大得多。我们请都难得请到，主动上门，还能不欢迎？当然欢迎！今夜我就当主陪。阿山，你专门负责两位老师。”皇甫老师说。

她的热情和豪爽让李老师乐得一把抱住了她：“年轻时，特想有个女儿，可我们只有两个和尚头。女儿多贴心！”

“大叔，我们可说好了，你那爱冒险的脾气可得收一收啊！我在夜里可从来不出海钓鱼啊！”阿山边说边下船。

▲ 浅杯排孔珊瑚（杨剑辉拍摄）

李老师一把揪住了他：“你想临阵逃脱？”

“阿姨，你冤枉人了。我要把我的小船开来，挂到大船后面。”他装出一副小学生受委屈的模样，逗得大家都笑了。难怪李老师授予他“精英渔民”的称号，若不是他带了小船，后来的故事可绝对没有那样精彩……

时候不早了，随着一声“起航”，大船就轰隆隆发动了。李老师和我围着今夜要潜海的人问东问西，皇甫博士却说：“没那么复杂。我从小就懒，但喜欢玩，玩能给人快乐。别听他们瞎咋呼，二位就当是出海玩一趟。走吧，我们到甲板上喝茶看风景。”她拉了李老师出舱。

不知什么时候，皇甫博士已摆上了小矮桌，泡上了功夫茶。有人调侃：“南方人用酒杯喝茶，北方人用茶杯喝酒。”我一看，真的哩，那功夫茶像是把茶的甘醇、馨香都浓缩到小小的酒杯中。我是位茶客，对茶有莫名的亲切感，谁叫我生活在名茶荟萃的安徽呢！喝了酒，吃了海鲜，更觉酽醇的茶香荡气回肠。

我们不止一次乘海轮夜航，仅西沙群岛就往返数趟，但今夜在木制的考察船上，却有了另外一种心境。

风浪不大，海天都融在靛蓝的色彩中，波浪将满天的繁星推来拥去，海面时不时传来鱼戏水的响声。

“看，那片海域！”李老师碰了碰我。

真的，不远处的海面上浮起了一团光晕，像天空中的星云。

瞧，它的色彩还在变哩！它甚至且行且幻。是因为船在移动，还是它正在漂泊？

“是浮游生物！很多浮游生物都会发光，夜晚是它们繁忙生活的开始。发光是为了表示自己的存在，既警告了掠食者，又联络了同伴。”皇甫博士说。

顷刻间，轰然响起的浪涛声打断了她的话，大浪将那团“星云”搅得零乱、破碎，浪涛也翻得像滚水一般。

“大鱼来掠食了！”李老师也看明白了。

“别看浮游生物很小，但数量庞大，它们和藻类一起为海洋的高等动物提供最基本的食物，连一些鲸、鲨也要靠它们为生。食物链很神奇！生命就是这样繁荣昌盛的！”皇甫博士说。

“是呀，过去我一直对鱼汛不太明白，为什么每年到一定季节，鱼虾都集中到一个海域，直到我去了著名的渔场——舟山群岛，才有人告诉我，那是浮游生物的聚集和某些鱼虾的迴游规律的缘故。海洋就是很神奇，它们也有信息网络。”李老师也有所感慨。

这时，天空突然闪亮，四五颗流星划出了银线，映得远处的大海陡起光晕。一片火树银花！

“流星雨！”李老师指着天空，激动地说。

浩渺的大海是观察流星雨的首选地。它辽阔而高远，坦坦荡荡，无遮无拦，视野极佳。真是千载难逢！我想起看过的一个资料，上面列举了一些国家的城市居民已经很难看到银河了。我在想，是因为高楼林立，还是现代化的生活让人们忘记了自然？

“又来啦！”李老师喊。

虽然只有零零散散的一两颗，但大家的兴致丝毫未减。

船速慢了下来，船长说，6 号海域到了。夜色中，我看不清具体的位置，以近一个小时的航行时间推测，应该离永兴岛不远。凭经验，应该在一个大礁盘附近。

“我要下海。阿山，两位老师乘你的小船，你领着他们上礁盘看看。”皇甫博士说。

“你也潜水？”李老师问。

“潜水是研究海洋生物最基本的技能。大学毕业后，我还在水族馆工作过呢，成天陪海豚、海狮、鲨鱼游泳！”皇甫博士说。

皇甫博士再出船舱时，已经是全副武装的潜水员了——紧身的潜水服，专业的潜水面具，显得英姿勃勃。

“这不是变形金刚的另一个版本吗？”李老师很惊讶。

“这只是轻潜装备，潜水深度一般不超过二三十米。要潜到更深的地方，还要戴头盔、铅块等，仅装备就有七八十斤！”我说。

“干吗还要绑铅块？不嫌重？”李老师不明白。

“水的浮力大不大？”我问。

“哎呀，我忘了。铅块重，才能帮潜水员下潜到深处。”李老师忙说。

▲ 水天一色（西沙海洋博物馆供稿）

小李和小笪也在船舷处，身上背着氧气瓶和水下摄像机。

“都记清了样方的位置吧？小笪担任导潜。”皇甫博士给他们做下水前的嘱咐。

阿山催我们上小船，可我们都赖着不动，直到看完他们倒背入水的精彩瞬间。

总算登上小船。阿山刚发动引擎，舱内就响起一片哗啦声，惊得我一愣。李老师伸手揭开舱盖：“清一色小石斑鱼。乖乖隆里冬，这么多？今天钓的？”她一激动，家乡话就脱口而出。

石斑鱼是这一带海域的特产，味美肉嫩，是鱼中上品，市场价格最少三四十元一斤。最贵的是赤石斑，李老师曾钓到一条，非常难得。

看阿山的航向，我估摸他准备开往礁盘，于是忙说：“别急，再看看他们。”

孔夫子说，水至清则无鱼。以此推论，他尽管周游列国，却绝对没来过南海，因为南海是水不清则无鱼。这里的水清澈透明，能见度高，可看清水下三五米处游动的鱼虾。即如现在，他们三人的水下身姿都看得清清楚楚——小笪游姿娴熟，一眼就能看出他是经过严格训练的；小李不紧不慢地跟随，绝不是个新手；皇甫博士游姿飘逸、潇洒，透着鱼儿在水中的灵动之气，使我感到大海就是她的家。

渐渐地，身影朦胧了，他们向样方地游去。

珊瑚狂舞

我的估计不错，不多远就是礁盘。我们刚上到礁盘，就听见哗嗞一声，海面上露出一条大鱼的背鳍。从背鳍的形状看，肯定不是鲨鱼、旗鱼；从激起的海浪看，这鱼最少也有二三十斤重。浪渐渐小了，可鱼跳声却一片喧嚣，靛蓝的海面上到处都是星星点点的闪光。

西沙群岛的礁盘多是千万年来珊瑚虫留下的骨骸和正在制造的外骨骼的堆积物。露出水面的成了珊瑚岛。珊瑚礁大的可像澳大利亚大堡礁绵延几千千米，其中还有潟湖；小的也有十几平方千米。

白天，可以从一圈浪花看出礁盘的大小。黑夜，我看不出这个礁盘有多大，但水不是太深。阿山关了引擎，把船停下。

“考考大叔、阿姨的眼力，尽量往海里看。谁有发现？发现一样，就得 10 分。”

这小子又来逗我们了。反正是来探索海洋的，又是头一次出远海，当然要看。

今夜没有月亮，繁星虽满天，但总在闪烁。海水泛着深沉的靛蓝色，就像一块大幕，遮住了神奇世界的大门，只有模模糊糊的身影似虾似鱼，在水中游动，而近处远处的鱼跳声和各种似昆虫叫的窸窸窣窣声又特别撩人。嗨，还有个小红球在游动呢！是海龟，还是刺鲀？可当我想去追寻真相时，一切又被黑暗掩去……

李老师抗议了："阿山，乌漆墨黑的，你先说说看到了什么。"

"我看到这下面是五彩缤纷的海底花园，最少有十几种正在怒放的珊瑚，刚才还有一只好漂亮的玳瑁啊，追着小鱼，背甲还闪着荧光哩！阿姨没看到？"阿山的话中充满调侃和诡秘的味道。

"你只管胡吹吧！把捕飞鱼的大灯打开！别舍不得电！"李老师乐不可支。

"才不是舍不得电呢！今夜咱们是来看珊瑚的，你想想，现在你都看不到，灯一开，还不把鱼都引来了？这里可有鲨鱼啊！也行，你要是想抓鱼呢，就开灯，不看鲜花般的珊瑚，那没啥了不起！"阿山说。

"耐着性子吧，等眼睛适应了环境，总会有所发现。"我只好安慰她，当然也是说服自己。皇甫博士说的鲜活的珊瑚，是那样诱人啊！

静下心来，我似乎看到细波微浪的海中倒映着天上的星云，还有鱼虾不断从星云上划过。看久了，微亮的星云竟变成了树林、山峰和幽谷。那是珊瑚吗？如果像树林的是枝状珊瑚，那像山峰和幽谷的就是堆集的块状珊瑚呀！是我的幻觉吗？

我把这个发现告诉了李老师。她说也有同样的感觉。

"嘻嘻，没想到你们预习得这样快！皇甫老师教我时，我花的时间可比你们长一倍！别急，我先下到礁盘上看看水有多深，再来接你们！"阿山说。

这家伙又精又刁，精、刁中，创造了情趣——这在孤寂的探险生活中，是极爽口的调味剂。

海风紧一阵、慢一阵地吹着。水不深，只到阿山的腰。随着阿山的动作，茫茫大洋中，一叶扁舟上的三个人开始兴奋起来。

阿山从船里取出潜水镜，我们这才发现他已经换好了潜水装——他平时钓鱼作业的行头。

李老师问："我的呢？"

"说什么您也不能下去呀。这黑夜，这茫茫的大海，我怎么敢带您下去？再说，我也没那么多潜水镜呀……"阿山话音未落，李老师就伸手把他头上的潜水镜抓到了手里。

"霸道，太霸道了！哪有老师这样对学生？"这小子又在调节气氛了。

也许是李老师的攻势起了作用，阿山妥协了，说可以带李老师下水体验体验。

"可以下来了！"

我下到水中，转身想扶李老师，阿山已经快一步拉她，边往前走，边说："别急，别急，先适应适应。"

南海的水温高，很舒服。可没走两步，海上就回荡起李老师又惊又喜的叫声："小鱼们在我腿边啄着。"

"没事。来了新客人，它们总要探寻一番。我先下去看看。你们站在这里别动，千万别动啊！这旁边就是礁盘的尽头，掉下去可有几千米深，谁也捞不上来。"阿山说。

阿山一改他那"蛙式"钓鱼法——往前一跃，俯身到海里察看鱼情——就势俯下身子潜入水里。头灯射出的光柱，顿时将我们带入魔幻的童话世界，眼前的一切都匪夷所思地呈现着……

妙极了！鱼呀，蟹呀，虾呀，纷纷向光柱游去，各种藻类植物在水中轻浮。光柱像摄像机的镜头，慢慢扫过一片彩色的珊瑚丛，大约是想给我们一个全景式的观感。

“往这边来。”阿山出水了。我们赶紧跟上。他要我们弯腰注意看。

光柱下，海底花园色彩斑斓，里面仿佛长满了奇异的树木和小草，开满了大朵小朵的鲜花。然而，南海海水虽透明度高，夜里看，仍给人一种雾里看花的感觉。我索性学着阿山，半潜到水中。

好家伙，眼前这景象犹如西天晚霞落入海底！比春天的柳条还要青翠的枝状珊瑚，变幻着深红、玫瑰红的红海柳，鹿茸般的鹿角珊瑚，白玉般的石芝珊瑚，大块头的脑珊瑚、滨珊瑚……更有无数盛装的小鱼在珊瑚礁中游来游去，红白相间的是小丑鱼吧，嫩黄、靛红、黑蓝相间的是蝴蝶鱼吧，还有举着大钳子的蟹，一纵一纵的虾……

好美的珊瑚世界！好美的海底花园！

我憋不住气了，只好出水，连连说：“太精彩了！太精彩了！”

眼看李老师也要下潜，慌得我一把将她拉住：“胆大妄为！你是个旱鸭子。这是大海，黑夜！”

“别吓唬人，大学到农村实习，每天晚上，我们几个女同学都在水塘里洗澡。”李老师不服。

“你今年多大？老来不说少年勇。你不是第一次赶海上礁盘了，礁面坑坑洼洼，如果遇到软礁盘，那就糟了，一个趔趄跌倒，爬都爬不起来。”我担心她的安危，于是只好装出很生气的样子吓唬她。

她不吱声了，一会儿又说：“机会难得，你快下去吧！”

我刚潜下去一会儿，就感觉衣角被抓住了，回头一看，正是李老师。这不就像用登山索把队员们拴在一起吗？既然她已经跟着我潜了下来，这时再剥夺她享受发现的权利，岂不是太残忍了？

于是我示意她看前面的那一片珊瑚丛。它就像一片繁茂的森林，闪透出勃勃生机。

它们的上部晶莹发亮，似一盏盏荧光灯在闪烁，又似无数的纤手在狂舞。那纤纤细手是彩色的，色彩迷离，令人眼花缭乱。啊！那就是珊瑚的触手。

我把李老师拽了上来。我们大口喘气，呼吸着带咸味的空气，激动得似乎连血管中血液流动的声音都能听见。

阿山也出水了："再凑近一点看。别怕，珊瑚虫的触手虽有刺细胞，刺细胞中有麻醉剂，但人碰到，几乎没感觉。"

等李老师气喘匀了，我要她再做一次深呼吸，将氧气多装点到肺中。

我刚潜入水下，就看见珊瑚礁洞中露出两根长鞭，上面有环节，还是彩色的。我知道肯定是只大龙虾。这家伙是掘洞的高手，喜欢在洞中生活。我本能地伸手去抓，李老师直摇手，又指指珊瑚。我明白，她是要我别丢了西瓜去捡芝麻。但我还是忍不住看了一眼大龙虾红艳中泛着黄、黑的彩色身影，真大啊，总有七八两重。阿山居然也没动手，他的头灯还照着它。

嗨，转眼之间，海底的泥沙都动了起来，闪起了亮光——潜伏的红头螺壳中伸出了白嫩的身子，船蛸翻开

▲ 杂色龙虾（杨剑辉拍摄）

了缀着格状花纹的白色大裙，身形如“水”的水字螺正向前蠕动，羽香骨螺挺着长长的骨剑，唐冠螺顶着庞大的身躯，海兔披着印有圆形斑点的雪白风衣……它们一改往日在人们印象中淡定自如的样子，此时行色匆匆，甚至连蹦带跳，看起来如梦如幻——啊！夜行生物们开始了新一天的生活！

这些流光溢彩的海底明星着实诱惑了我，不过我此行的目的是去探视生命之花——珊瑚！

我凑近了珊瑚，依然看不太清，只好凭着已有的知识融合着想象了。这些纤纤细手为何像金蛇狂舞？这番龙腾虎跃之姿，是在表现生命的美丽？它们似乎正围绕着一个中心在舞蹈，像是簇拥在一起的金丝菊。那看似花蕊的中心，居然是一个小孔。

我很不解，越想看清楚，越陷入困惑。

我们出水后，向阿山提出了一连串问题。他招架不住，正在惶惑之时，一束灯光向我们射来——是皇甫博士！

“两位老师刚刚看到的是朦胧美——飘忽的，似有似无的，真实和梦幻之间的美。现在，你们一定对清晰的美更加渴望。我把它带来了。有了它，等会儿就能看清楚了。”皇甫博士说。

这不是水下摄像机吗？看李老师的表情，她心里肯定在说：“惭愧，惭愧！在野外拍了几十年的照片，虽然只是业余爱好者，可也不至于忘了微距拍摄呀！”

皇甫博士先让我们在摄像机显示器上对珊瑚世界作了浏览，后又作了简短说明，再领我们潜入大海。

啊！真是一个美妙、奇趣、充满生命智慧的世界！

她在一丛鹿角珊瑚边停下，示意我们看。它有七八枝，个个枝粗头圆，像一片壮实的鹿角哩！

再看旁边的一块珊瑚礁。它们枝头发出荧荧光亮的是鲜活的珊瑚虫群体。它们呈现出深蓝、翠绿、嫩黄等色彩，这是不同种群在宣示它们蓬勃的生命气息呢！虽然我们还无法看到更为精细的世界，但皇甫博士已经说了，珊瑚虫是腔肠动物，水螅体。作为个体，它小得即使在微距镜头中也难以窥视出它是圆筒状。无数圆筒状的微小生命集群在一起，才形成生命共同体、命运共同体。依靠团队的力量，对付强敌，适应环境，这就是营群性生物。

浮出水面后，李老师兴奋地提出了自己的疑惑："珊瑚为什么色彩各异？"

"那是与珊瑚虫共生的不同品种的虫黄藻造成的。虫黄藻让珊瑚散发出美丽的生命光辉！"皇甫博士说，"虫黄藻也是个大家族！它生活在珊瑚虫体内，在日光下进行光合作用，吸收二氧化碳，将氮、磷、钾转变成有机物，成为自己的营养，同时释放出氧气。而珊瑚虫则刚好相反，它需要吸收虫黄藻排出的氧气，自己则要排出废物氮、磷。是不是非常奇妙的共生关系？但虫黄藻可是个只能共享福而不能共患难的家伙。一旦环境恶化，比如水温突变，就不再适宜虫黄藻生活，它们就要从珊瑚体内逃之夭夭了。这个时候，珊瑚就白化了，无法继续生长，甚至面临死亡。"

这比小袁说得更清楚，也使我们对这对命运共同体有了更多感慨。

皇甫博士还告诉我们，那些如茸毛、似纤纤细手的都是珊瑚的触手！每个珊瑚虫都有 6 条或 6 的倍数的触手（另有 8 条或 8 的倍数的触手），层层叠叠，非常壮观。刚才那个鹿角珊瑚的柱头上恐怕就有成千上万条触手在狂欢舞蹈！它们是在为捕捉猎物而辛勤忙碌着。只要有一条触手抓住了微小的浮游生物，它们就会用刺细胞中的刺丝囊放出麻醉剂，待猎物失去知觉，就将它送进嘴里——对，那个中间的圆孔就是它的嘴。

最奇妙的是这个柱头上有很多的嘴，皇甫博士却说，它们只共用一个胃。这是因为珊瑚虫有一种叫共肉的结构，如纽带一般，把一个个微小的珊瑚虫连在一起。这个共同体能将捕捉到的食物消化掉，分泌出角质或石灰质，进而形成珊瑚虫的外骨骼——它们生活在外骨骼的城堡中。这些外骨骼就是我们平时说的珊瑚——其实是珊瑚虫留下的骨骸。

珊瑚虫是海底花园的建筑者，它不仅以珊瑚的各种形态来彰显生命形态的多姿，以缤纷的色彩宣示生命的美丽，同时也创造了海洋中的顶极生态系统。据科学家说，海水原本是贫瘠的，正因为有了珊瑚虫，有了珊瑚礁，才使蓝色的沙漠成了绿洲，四五千种鱼类有了赖以生存的家园，众多的海洋藻类有了立足的土壤。

珊瑚虫创造了大奇迹！渺小的转身是伟大！

是的，珊瑚虫以壮美的生命启迪了人们的良知，宣示了一个真理，那就是“保护珊瑚礁生态系统就是保护海洋，保护人类的家园”。要知道，海洋的面积占地球的三分之二啊！

带着对珊瑚更深的向往，我再次潜入大海。我看到一朵硕大的花，深绿色，复瓣，丰满艳丽，在海流中拂动，婀娜多姿。我忍不住想伸手摸。皇甫博士制止了我，还朝我连连摆手。

出水后，我问他：“难道它有毒？是海葵吗？”

她说：“还没看准。在大海也像你们在森林里，看不准的别用手摸。”我谢了她。因为在热带雨林，我就不止一次吃过苦头。有一次，我看到一种藤子色彩多变，手刚触到，就像被火灼过一样，红肿了好几天。

她又潜下去，看后告诉我：“是软珊瑚。”

软珊瑚因身体柔软而得名，颜色非常美丽，常见的有红、橙黄、绿、紫、褐等色，是构成珊瑚花园的重要种类。

观察海底真是莫大的享受。不知不觉间，已经很晚了。李老师大概看出了博士要赶回样方地，于是紧紧地握住她的手说：“太感谢了，你让我认识了一个奥妙无穷的生命世界。不然，我只能停留在欣赏珊瑚外表的阶段。你的讲解很精彩，下次我再看珊瑚，肯定有更多心得。”

皇甫博士也显得很高兴：“其实，珊瑚还有很多神奇的地方，越是深入研究，越会感叹生命的伟大！这也是我选择这个课题的原因之一！我们团队随时欢迎两位老师！”

别说李老师高兴的，我也听得心情激荡。

直到皇甫博士出了礁盘，潜入深海，我才让阿山将头灯照向我的腿——我一直感到有什么东西在小腿裤子上摩挲，我动，它也动……

▼ 生长在同一海域的造礁珊瑚和软珊瑚（李珍英拍摄）

谁在偷龙衣？

一条红蓝相间的鞭子状的东西从珊瑚礁的小洞中伸出，那鞭子的头部正在我裤子上下左右地抚摸。

喂！别摸错了，那是我的帆布牛仔裤，可不是什么美味,别,别……我心里有些发毛。应该是我今晚吃牡蛎，不小心沾到鲜美的汁液，才引来了这东西……

“还不快走？”李老师说。

她担心得没错。海里有不少带毒素的生物，比如海蛇，毒素是它们掠食防身的武器。

“看看是什么东西，不也很好？反正裤子厚。”我打定主意，转脸又问阿山，“是大龙虾吗？”

不料，他却一脸坏笑地说：“那这只龙虾肯定要比先前看到的大好多倍！”

这家伙肚子里绕的什么花花肠子？

是呀！鞭子这样长，还这样粗……不对！龙虾前面的触须还能卷曲成这样？

嗨，洞中又伸出了一条鞭子。那鞭子神奇地悠着……一旁，一只慢慢横行的大螃蟹突然慌里慌张地加快了速度，还用顶在柄上的眼睛盯着那东西。

我正在忍耐着，鞭子却一下缩到洞中了。

演员竟然退场了！没搞错吧！观众在怅然中，又揣着一份小小的期待……

咦？奇了！洞口的一块礁石突然被推出一块……又推出一块！能推落这样大的礁块，该有多大力量啊！

是什么怪物？

我们是来观赏珊瑚的，礁盘上难得有大鲸、大鲨，所以谁也没带防身武器。在野外探险几十年，我并不怕老虎、豹子、熊这样的大型猛兽，反倒怕那些小家伙——马蜂、旱蚂蟥、马虱子、血蜱、蚂蚁……往往不知怎么得罪了它，它就给你来上一口，让你又疼又痒好几天。

我和李老师不禁往后退了两步。阿山却拉我向前，撂出一句话：“可别后悔。”

他又想作弄人？这家伙不是做不出来！而我也是经常上当的主儿。我们在热带雨林考察时，朋友老张做向导，就常利用我好奇心大的毛病，搞些小恶作剧，让我吃苦头。

这时，几块礁石都被推出来了。原来洞口这么大！

再一看，怪物隆重登场了——竟是一团披红挂绿、浓妆艳抹、闪着恐怖色彩、瞪着两只逼人大眼、挺着几条火焰般触手的怪物，后半身还在光柱外。

我大惊失色，护着李老师就往后退，同时感到阿山也往旁边闪了闪。

怪物身上的色彩又在变幻，转眼间成了大红大紫。那如鞭的触手上突起的是环节还是肉瘤？

“啊？”李老师见我没回答，“是乌贼还是章鱼？”

“数数它的触手。”我说。

“好像有七八条！”李老师说。

“乌贼有十条，章鱼有八条。”我说。

“章鱼！难怪叫八脚鱼！”李老师边说边拉着我急急地往后退，眼睛紧紧地盯着它。

当我认出是章鱼时，说实话，心里直敲鼓，虽没尿裤子，但全身汗毛都竖了起来。章鱼有发达的大脑，更可怕的是那又粗又长的触手上有吸盘，只要沾到猎物，就会紧紧地吸上去，最少也要让对手体无完肤。吸盘还会施放迷幻素。赤道附近的太平洋里有种庞大的章鱼，还敢和大鲸、猛鲨叫板，八条触手如神话中的捆仙索，它饥饿时，大鲸、猛鲨也难逃一劫。不错，上次跟随阿山钓乌贼，我没钓到乌贼，却钓到了几十条小石斑鱼。正当我拖着那串鱼往船边走时，却被谁在后面拉了一下，差点摔了个仰八叉。回头一看，一条大章鱼正抱着我钓的鱼猛吃——就像雇了我当专门为它捕食的马仔。幸而我“糊涂胆大”，历尽惊险，最后在赶来的阿山帮助下才制服了它……可那条章鱼比这条要小得多，而且当时我还有鱼给它吃，且又未带着李老师。可现在……

我冷汗直冒。

“千万别被它的触手缠上。”我警告李老师，同时也紧紧盯着它的八条触手。不是可以撒开脚丫子逃跑吗？可这是在水齐腰深的礁盘上，那些坑坑洼洼处就像地雷，万一跌倒，会更危险。再说这黑灯瞎火的，该往哪跑？万一溅水声刺激到它，岂不是弄巧成拙？

我用余光掠了几下阿山，只见他也像手足无措一般。

章鱼大红大紫的身子从洞中探了出来。虽然灯光照

▲ 章鱼（选自视觉中国网）

不全它，但也紧紧追随它的触手……怪事又来了，只见它突然倒着身子游动，触手前似有水流，难道它也是“倒行逆施”的家伙？山野中也有这种奇怪的东西，豪猪就是——遇到敌手，总将全身的刺挺立起来，抖得哗啦响；如果敌人不吃恐吓这一套，就突然转身，快速后退，将无数的长矛刺向敌人！这叫退攻！……可那也是遇到强敌的对策呀！现在四周可没章鱼的强敌……哎呀，不好！我们这三个人，还不是它的强敌？！

正在我紧张得就要拉起李老师开跑时，它却一拐弯，向刚才被吓跑的大螃蟹追击……

“蟹是它的所爱，我们暂时没有太大危险。”阿山边说，边将头灯摘下来，戴到我头上，“我去船上拿个家伙来。喏，把这几条鱼拿着，万一它追过来，你就丢鱼给它吃。千万别冒险惹它！”

“喂，大家一起撤吧！”我慌了。

“不，你得把它看好了。跑了，我找你赔。”说完，阿山就消失在黑暗中，把两个老顽童丢在茫茫大海上。

这家伙神不知鬼不觉的，啥时钓了几条鱼？难道就在我以为他手足无措的当儿？他是钓鱼的高手，只提着一条穿有饵的鱼线，就能把鱼钓上来。即使钩上没饵，我也亲眼见过他把鱼钓了上来——那鱼叫傻瓜鱼！若不是钓金枪鱼、马鲛鱼，或者鱼汛时，他绝不需要拿家伙——钓竿！我的心一下子提到了嗓子眼。

天哪！天地一片漆黑，无边无际，若不是有闪烁的繁星、粼粼的波光，那真像是铁铸成的笼子。

这家伙临阵脱逃，把危险丢给我们，啥做派？！

管他哩！他不是我领导，我也不是他领导，三十六计，走为上策。我拉了李老师就要去追那影影绰绰的身形。刚要举足，李老师却拧了我一下。疼痛使我清醒，何不看看再说！机缘是可遇而不可求的。错过这次，以后什么时候我才能遭遇这样大的“海底变色龙”？

李老师紧紧地偎在我身旁。她在发抖。是在海水中浸得太久，还是因为恐惧？

“没事,别自己吓自己。”我拍拍她的肩,安慰道,“阿山肯定是拿鱼叉去了。真贪心！还要我们帮他火中取栗！你授予他‘精英渔民’的称号，可渔民的本职总还是渔猎。”我说得格外义愤填膺，当然也是想转移李老师的注意力。

坏了，那大红大紫、黄绿相杂的章鱼游回来了。准确地说，是在倒车。它正追逐一只慌不择路的大蟹。好在它的屁股正侧对着我们。一看它“倒行逆施”的怪相,我就感到无比别扭。试想一下,如果要你伸手去抓前面这东西,可能吗?

一个“倒行逆施”的追一个横行霸道的，这情景真是滑稽透顶！

妙！章鱼利索地抓住了横行的蟹——虽然我不知道是不是它先前要抓的那只——还未看清它是怎么动作的，那坚硬的蟹壳就在触手的挤压下破碎了，被它送进了嘴里。阿山说蟹是章鱼的所爱，估计是因为蟹壳中富含虾青素，虾青素营养丰富。这也给蟹带来了厄运，成了水族动物们争相捕猎的对象。

不好！它转身向我们游来。两只大眼闪着阴沉的绿光,像张着大嘴的怪兽,身后竟然有直线式水纹——难道它还会喷水？我知道喷气飞机的发明人就是从章鱼的运行方式上得到的灵感。

“赶快丢鱼！”李老师的叫声将我从胡思乱想中拽了出来。我连连抛了两条,它毫不客气地用触手一卷,就将它们吞咽下去。这副吃相真令人毛骨悚然！

我很佩服自己这时候还能思考一个问题：章鱼为何会藏身在这么大的洞里？是躲避强敌吗？它怕谁？其实章鱼非常聪明。在西方，有人用它占卜，窥视过去和未来。足球赛时，德国人不就用它预测两队的胜负吗？难道章鱼也像人类一样，用礁石将洞口封死，在里面闭关，坐禅，修道；出关后，因为饿极了，所以需要大吃一顿？有机会一定要找博士问清楚。

“只能丢一条。”

李老师提醒得对。看它那圆筒般的肚子，这几条鱼都不够它塞牙缝的。瞧，它身上的颜色又在变了，像川剧变脸似的，尽管是彩色的，却更恐怖。

我们边投鱼，边躲让，眼看只剩一条鱼了。它的触手又粗又长，无论哪一条缠住我的腿，不费吹灰之力，就能把我拉倒，送进嘴里。

我急得大喊一声：“阿山！”

海上骤然一片辉煌。小船竖起了桅，桅杆上亮起了大灯。真是应了哲人的一句话：只有经历过黑暗的人，才知光明的可贵！

阿山跑动的涉水声如鼓点一般响起。

他来了！原来船离我们并不远。他递了根四五米长的竹篙给李老师，又递了一把鱼叉给我，自己却两手空空。

怪了，那团大红大紫的肉球不见了！是被突然的光亮，还是被猎手阿山的气场吓走的？

“怎么把它看跑了？”阿山发急。

“你怎么临阵逃脱了？”我也气得不打一处出。

还是李老师厚道：“我看到它向那边去了。别急，这章鱼目标大，快找！”

有了光亮，礁盘上的一切就清楚多了。可找了几个来回，也不见那大红大紫的家伙。

先前，我们怕它，躲它，希望它快走；现在却又费尽心思寻它，生怕它逃之夭夭。世事多变啊！

李老师突然指着一处珊瑚林立的地方，要我将头灯对准——不就是珊瑚吗？遍地都是，有什么新奇？

“看那块滨珊瑚！”她压低声音说。

滨珊瑚的颜色较暗。咦，那里怎么鼓鼓的，长出了一个灰色大瘤？

“再往上看一点，夹在珊瑚缝里……”

啊！是只大眼！再细看……哪里是什么灰色大瘤呀，那是光滑圆润的肉球。这给我带来了一连串发现。那搭在鹿角珊瑚上的不是触手吗？我怎么忘了它是“海底变色龙”呢？需要时，它可以与周围的环境融为一体，因为它体内储备了各种色素。

“阿山，在这里！”

阿山连忙向它靠近。正要撒出手中的物件，那个肉瘤却快他一步，一弹，迅速喷水，嗖的一声游开了。阿山跟了上去。

章鱼成了一艘大红大紫的快艇。

眼看它就要溜进茂密的珊瑚丛，李老师突然把竹篙塞到我手中。我也不傻，提了竹篙就追。

长武器的优势显现出来了，就在它潜进隐蔽所的前一秒，竹篙打到了它。

它立刻用触手缠住竹篙，我抽了几次都抽不回。它力道强劲，竹篙好几次差点从我手中滑出，我只好像拔河一样，用脚抵住一块礁石。

不知什么时候，它已全身赤红，像一团火在海水中燃烧。好家伙，怒火中烧原来是这个样子！后来我才知道，章鱼不仅会随周围的环境变色，还会随自己的情绪变色呢！

▲ 团块滨珊瑚（杨剑辉拍摄）

阿山刚想靠近，它就抽出两三条触手去抓，吓得他像猴子一样左躲右闪，可那触手仍向不同方向挥舞，至少有两次差点缠住他。

“鱼叉，给，阿山！”不知哪来的神力，李老师竟把鱼叉甩到阿山附近。

可阿山没有去接，却向我喊道：“像钓鱼一样。”

我猛然醒悟，钓到大鱼时，不就是用放线、提线去消耗它的体力吗？

可我手里握的是竹篙呀!

“真笨!”我狠狠地骂了一声,立即松手。只见章鱼一震,随即也松开触手,大约觉得带上它是累赘。

我紧走两步,又用竹篙敲打它,尽量不伤及要害。它当然又挥舞触手来抓。

我学乖了,不让它抓到,只将“剑”悬在它头上。万一被缠住了,就来回拔河,再松手……如此反复。

眼看章鱼疲惫不堪,有些力不从心,我才松开竹篙。

章鱼虽然仍旧满身通红,但早已失却了火焰的光辉,像即将燃尽的篝火,只有冒青烟的份儿。

阿山小心翼翼地靠近它。虽然还有想抓住他的触手,但早已失去了之前的阳刚。阿山眼中芒光一闪,一个箭步跨出,撒开了手里的物件——真准!他用一个大网兜将章鱼罩住了。

章鱼立即松开竹篙,那八条触手像跳大神一般乱舞。

我们全都松了口气。这时我才感到背上冰冰凉。

刚到船边,就发现两只大蟹正顺着锚链往上爬。哈哈,肯定是灯光引来的!儿时,每到秋风起、菊花黄时,我们就点着灯,将几根草绳一头拖进湖里,一头拴在桶上,桶里放些剩饭剩菜,一晚上就能抓到五六只自投罗网的毛蟹。

三个人费了很大功夫,才将“变色龙”拖到船上,放进水舱。

“大叔、阿姨真是福星高照。我来西沙十多年了,钓的章鱼也不少,但还从未撞见这么大的家伙。真是踏破铁鞋无觅处,得来全不费功夫!跟你们一道下海,没有哪次没有奇遇的!”

看阿山乐滋滋的样子,我说:“是哪个水族馆定的货吧?拿了报酬,可得请客啊!”

“确实有人下了订单,可不是卖给水族馆的!”看我们有些疑惑,他又说,“是皇甫老师给我布置的作业。章鱼生活在珊瑚礁中,研究珊瑚礁生态系统少不了它。可我平时钓的章鱼多是小的。这下，她肯定要乐坏了。”

阿山的话触发了我脑海中的疑问 :“你和博士是亲戚？”

“也算吧！”阿山看出我的疑惑，“因为珊瑚、砗磲市场走俏，有人竟通过炸礁滥捕滥采，皇甫老师来渔村给大家讲过保护海洋生态，特别是保护珊瑚礁生态系统的重要性，我觉得她讲得很对。之后，我在一次海难中发现了海龟岛。你们跟我去过。我想把它保护起来，你们也说要我找老师跟着学……后来，我们就慢慢熟悉起来。在保护海洋上，我们是师生。这还不算亲戚？”

我们经历了一场奇遇，心里又多了几层感慨。

阿山已经将船发动起来，满载着胜利和喜悦，向大船靠去。

海风拂面，吹得我们身心舒泰。我一身轻松，惬意地观赏着海面,想着博士他们的样方考察应该结束了吧。

月亮鱼 太阳鱼

怎么星星从海里升起来了？右前方三点钟方向，贴着海，几颗星星闪烁，其中两三颗至少是二等星亮度。是我看花了？按理说，启明星显现还太早了，而且也只是一颗，难不成是它邀三朋四友一同出来游玩？不然，海面怎么也映光！

我将这一发现指给他们看。

“是发光的浮游生物吗？”李老师说。

“浮游生物的光怎么会是这样的？”至于是哪样的，我也说不清。

阿山一转舵，将船朝那边开去：“去看看不就清楚了。”

若没有经历遭遇章鱼的一幕，我肯定会犹豫。毕竟南海在西太平洋上，茫茫黑夜，茫茫大海，这么一条小船要向不明发光物驶去，还有李老师在船上，真是应了“一切皆有可能”。

随着小船驶近，那“星云”也逐渐增加了亮度，竟然发出类似月亮的清光。嗨，还真有点如梦似幻的味道哩！更奇异的是，它似乎还在移动，像浮游生物群，那光晕悠悠地贴在海平面上晃荡，就像在探索大海的秘密。

“月亮鱼？”阿山喃喃自语，充满了惊喜。

什么鱼？！我没听清。从它露出的背脊看，应有虎鲨、灰鲸的体重。

正在这时，它侧了下身子，那亮光也忽明忽暗起来。

“是鱼！”李老师小声嘀咕。

真的，不是鱼又是什么？它的头就有这么大，那身子该有多长？我脑海中闪现出和李老师在南非好望角（大西洋和印度洋分界处）观察蓝鲸的情景——它的身长足有 30 多米，仅舌头就重达两吨多，体重一百六七十吨也就不足为怪了，相当于 30 多头大象，是鲸类中名副其实的巨无霸。

嗨，这家伙怎么只有头？不，那块可能只是上半身。可它的下半身哪里去了？下半身不发光吗？不，不对，那样齐整，像是被一刀切掉，干脆利落！可它明显还在动，海水中也没有丝毫可被认作血的颜色。当然，海鱼中也有血液是蓝色的。

怪极了！它也能被称作鱼？可那一块块、一团团的荧亮确实是从它身上发出的。

“还是离远点好。它打个水花，小船肯定就翻了。”我说。

“你不想探清庐山真面目？”阿山说。

“它像受伤了。”李老师说。

“就是海怪，今天也要看看。我还没见过哩！”阿山嘴上胆子壮，可神情暴露了他的忐忑。

“你不是说月亮鱼吗？”李老师说。

阿山的眼睛放光，加快了船速：“还是班主任心明眼亮！”自从他知道李老师当了几十年高中班主任后，这句话就变成了他的口头禅。

看清了！它身上缠了一圈渔网。可它还在游动，显得有些笨拙，有些无奈。不，那网只缠住了它的头，并没有将它全身缠住。难怪是这副模样。

我们将船贴近。

“别忘了，困兽犹斗。”李老师提醒。

“你不想看看那发亮的是星星还是月亮？”阿山这家伙又在吊人胃口了。

“会不会是虎鲨？”李老师不能不担心。

阿山不傻，直到朦朦胧胧看到它身上的亮光像是有许多小虫在蠕动，就再也不往前靠了。

“嘻嘻，不是它在发光，是它身上的寄生虫在发光！”李老师为新发现乐了。

我更关心它下半身的命运，可怎么努力也没看到它的下半身，更没看到被刀斩切的痕迹。

“到底什么鱼？”我百思不得其解。

“我不是说了嘛。”阿山答得很干脆。

“月亮鱼？”我说。

“不像？”阿山反问。

我语塞。

“快看！它把褐色的身子翻了过来，平躺到海面上了。大哪，那白亮的肚皮长长方方的，像极了浮在海上的门板。再说得准确一点，就像一个硕大的荷包蛋躺在长方形的碟子里。它就是我们这里老人说的翻车鱼。是不是有点像？”阿山说。

“你不是叫它月亮鱼吗？”我还在纠结。

“它的别名多着哩，还有叫它大头鱼的，更有人叫它头鱼。”阿山说。

咋一看，它确实只有一个硕大无比的头。不，再仔细看，头并不太大，相反，与它庞大的身躯相比，头很小。说它头大，只是它怪异的体型给人的错觉。一点也没错，它嘴小，眼小，倒是与头很匹配呢！

“李老师，看到了吧，它的背鳍特别高，难怪从远处看像升起的月亮。”我说。

李老师点点头，转而又问阿山：“听你这么说，它是十分珍贵、稀有的大鱼了？”

“绝对是！连我都没见过嘛！”阿山说。

“想办法救救它！不然，就是不被鲨鱼吃掉，也会被网缠死的！”李老师着急的是这个。

阿山没有立即应答。是的，就凭我们三个人，就凭这样一条小船，要割掉那么多的网，它又不知我们是在救它，只要哪个地方出个岔子，一条两三吨重的家伙打个哆嗦，小船还不人仰马翻？

这时，我们发现阿山头灯照亮的海面上正漂着一顶顶圆伞，圆伞下有许多带子——是水母！触手有毒！阿山尝过它们的厉害，我们也亲眼见过这些温柔杀手的凶残。只要它其中一条触手碰到了鱼，另外的触手就会蜂拥而上，牢牢地将鱼捆住。起初鱼还挣扎，但不一会儿就动弹不得了，用不了多长时间，就成了空壳一副——原来它已经吸尽了被毒刺液化的鱼肉——真是杀人不见血啊！它们是来吃月亮鱼的？它们有锋利的牙齿吗？不可能！那它们为何聚集在这里？

“对了！报告博士他们。他们船大人多，肯定有办

▲ 翻车鱼（选自海洛创意网）

法！”李老师说。

“对啊，我怎么没想到！”阿山赶紧启动了小船，加大马力，向大船飞驰而去。

我和李老师后来都非常庆幸参与了这次行动，能在朗朗乾坤中近距离欣赏到这么优美、精彩的场景，绝对三生有幸！

到了大船，没一会儿，皇甫博士他们也回来了。听了我们的描述，皇甫博士对队员们说，抓紧时间给气瓶充气。趁充气的时间，抓紧休息。同时，要船长往那边开去。

我原想问样方的考察情况，但一看到他们都累得躺在甲板上，就不忍心再去打扰。

人类一直梦想有一对鸟儿的翅膀，能够在天空翱翔；梦想能如鱼儿一般在水中自由游动。生命起源于海洋，但要适应陆地上的环境，却是经过了千万年艰苦卓绝的进化，才取得了胜利。胎儿就是在羊水中成长的。有科学家推测，婴儿一生下来就应该是会游泳的，但环境的改变，使其失去了在水中的大部分自由——难以自由地呼吸，难以承受水的压力——直到发明了如脐带一样的水肺、潜水钟、深潜器，人类才得以在海洋中获得较多的自由。我虽然很想学习潜水，因为它是个很诱人、很刺激的运动项目，能使人拥有另一个世界，但专业潜水是很费体力的，单说轻潜所背的气瓶的重量就不轻，且只够用个把小时。

一路上，李老师都在为翻车鱼的命运担心：一会儿问我会不会有鲨鱼、鲸鱼找到它；一会儿说它那么大，吃的肯定多，饿也会饿死的；一会儿又说海鳗、海蛇会不会钻进它的肚子。我又何尝不担心，可担心有什么用呢？只是希望船能开得再快些。

翻车鱼的光亮使它很容易就被找到。直到看到它仍躺在海面，身子还在动，我们悬着的心才算落下。

皇甫博士让船绕它两周，仔细观察后表示，从它目前筋疲力尽的情况看，被网缠住有几个小时了，再不施救，很难保命。况且它体型大，掠食量肯定大，饿也能把它饿垮了。皇甫博士叮嘱手下，翻车鱼虽很温驯，但在割网时，动作还是要轻，不然它动一动就够我们受的。此外，还要避开水母，不要被有毒的触手碰到。接着，她又分配了各自的任务，特别嘱咐大家要听到她的指令后，才能去割缠在翻车鱼背鳍和臀鳍上的网。最后，她还叮嘱船长要注意监视鲨鱼。

交代完毕，几个人就相继倒背入水。

我们乘着阿山的小船，跟随皇甫博士。只见她游到翻车鱼的头部，并没有抽刀割网，而是围着它游了几圈，又潜到水下察看，再用手轻轻地拍了几下它的头，动作轻盈而洒脱。然后，手不断地在它身上动作，像是在挠痒痒。

翻车鱼转动着小眼睛看她。嗨,还眨了眨眼,不知表达的是感激还是舒畅。

“她在安慰它？”李老师说。

“你忘了，她在水族馆工作过，和动物培养感情是基本课。这当然是为了安定它的情绪，亲近它了。”我已经揣摸出她的意图了。

没一会儿,我又有了新发现:“不,不是挠痒痒,而是为它清除寄生虫。你看，她在它嘴边抓了一把，就立即将手伸进旁边的小袋子。这时，鱼嘴边的亮光就消失了。千真万确，她是在帮它清除寄生虫！这些寄生虫不仅吸它的血，啃它的肉，还扰得它烦躁不安。”

海洋动物也像陆地动物一样，会招来各种各样的寄生虫。白鹭在牛背上啄食寄生虫，犀牛鸟帮助犀牛剔除寄生虫。海洋中的鲨、鲸也长了很多寄生虫，可遗憾的是它们无法自我清除，于是鲫鱼就专门为其贴身服务，将寄生虫作为自己的食物，同时又借助鲨、鲸狐假虎威，保护自己。石斑鱼还可游入鹦鹉鱼的嘴里，啄食寄生虫！

所以，清洁工作可比挠痒痒更能安定翻车鱼的情绪！

皇甫博士一边清除寄生虫，一边将手里的刀轻盈而准确地飞舞着。她又潜入水中，没多久，就扯出一大串网。阿山很机灵，立即将它们扯到船上。

不一会儿，小笪、小李也陆续将网送来，防止它们再缠上别的鱼。于是，我们的小船就承担起巡回装网的任务。渔民丢下的烂网是海洋的一大污染，每年要夺去成千上万海鱼、海鸟的生命！

待头部的网清除干净，它先稍稍动了几下，然后就转起身子，恢复了游动的姿态——这本能的动作却掀起一股巨浪，我们站立不稳，差点掉进海里。小袁博士他们也都像“浪里白条”，从几米外往回游。而皇甫博士早已游在几米开外，看着他们的狼狈模样，好像还在微微笑着。

翻车鱼稍稍一动的另一个后果是缠在它后部的渔网沉了下去。听小李说了此事，皇甫博士立即下潜，之后发现拖在下面的网有一长串。这就对了，小片的网还不至于缠住这样的大型鱼。

皇甫博士分派各自的任务后，大家都潜了下去。小船这时已不堪重负，只得将烂网送回大船，再回来装。

他们费了几个来回，才将下面的网割完。现在只剩下背鳍和臀鳍了——这是翻车鱼的发动机，靠它们，翻车鱼才能游动。

皇甫博士又叮嘱了几句，就和小笪去割背鳍上的网。尽管大家都知道水母的毒刺厉害，要小心防着，可小笪的腿、小袁的胳膊还是被刺得又红又肿。眼看皇甫博士和小笪已将网全数割完，但他俩并没立刻将网扯下，而是等待小袁他们——那里显然碰到了麻烦。

待小袁露出水面，向她做了个“OK”的手势，皇甫博士才喊：“三，二，一……”

大海激浪，翻涌。小袁他们不见了，只有大大的水花和隐隐约约滚动的黑影。嗨，皇甫博士却像条金枪鱼，随着翻车鱼游动——哈哈！她正抓着翻车鱼的背鳍哩！真比敦煌壁画里的飞天女神还多几分神采！

回去后，李老师一夜都在牵挂翻车鱼。第二天清早，她就催我去找阿山。海况还算好，浪高也只一米，旭日刚刚升起。

阿山开着船，很快就到了昨夜救护翻车鱼的海域，可我们搜索了好几遍，也没见它的身影，看来它是游走了。按理说，我们应该轻松起来，可一想到它被渔网缠了那么长时间，一副有气无力的样子，且虽体型庞大，却没什么防卫武器，我的心里就有一种理不清的情绪，催使我再找找看。况且阿山也一直聚精会神地搜索着海面。

“大叔，看那边。”阿山突然朝前方一指。

那不是水母吗？虽然隔得较远，但在清澈的海水中还是比较容易发现的。昨天我们就看到了，这有什么稀奇的！他见我一脸茫然，说道：“有门！”

阿山加大马力开过去。确实是水母，而且越来越多，有的海域竟被它们挤满了。难道这里水母大暴发？

近年来，一些海域受到污染，生态失衡，常引起大规模水母暴发。短时间内，水母大量繁殖，将整片海域的鱼吃光，造成巨大的灾害。

我想，在皇甫博士的感染下，阿山可能是想搞清楚这片海域水母暴发的原因，再采取措施。

“鲨鱼？”突然，李老师惊呼。

是的，百米开外的海面上，竖起了一个高高的背鳍。是条大鱼无疑。虽然我见过鲨鱼的背鳍，可我无法确定它是不是鲨鱼。乘这样一条小船，我们绝不想在大洋里碰到它。

阿山却径直向那边开去。

“翻车鱼！”李老师再一次惊呼。

不是它，又是谁呢！在成群的白色水母的簇拥下，那有着半灰半褐、又粗又短的身子，后半身像被一刀斩断的奇怪生物，见一眼就终生难忘啊！

感谢你，清澈明净的南海，你让我们清清楚楚地看到了翻车鱼惊人的全貌。它是那样悠闲地游着，时而扇动一下鱼鳍，信马由缰，洋溢着大熊猫一般的憨拙美。那身前身后的水母，犹如点点花朵盛开在蓝色的草原中。多壮美的一幅油画！

难道它和水母沾亲带故？或者是……我问阿山，他诡秘地一笑：“看看不就明白了？”

船慢慢靠近了。

“咦，它在和水母逗着玩？”李老师把我第一眼看到的想法说了出来。

只见它的小嘴像铲子，对着水母一撮，再微微一昂，水母就成了肉饼，顺势溜进了它嘴中；接着又来一个，从容，优雅，大有绅士派头。别看它不紧不慢，十分惬意的样子，那动作却像流水作业，收割着一个又一个水母。

这哪是和水母逗乐，是在吃早餐啊！我们想从阿山嘴里得到证实。阿山说：“你们见到有水母从它嘴里出来吗？当然没有！水母是它的最爱。现在明白了吧，它是追着水母群来的，谁想却给烂渔网缠住了。”

难怪先前寻找翻车鱼时，阿山看到水母就说“有门”。他是靠食物链找到翻车鱼的。就和我们在帕米尔高原寻找雪豹一样，先要找到它最爱吃的北山羊。否则在

▲ 水母群（选自视觉中国网）

那广袤的雪山林立的高原，如何才能见到雪山之王？

“它不怕水母的毒刺？”李老师问。

“它虽几乎没有鳞片，但皮特别厚。喏，总有这么厚。”阿山用手指卡出十几厘米，意思是说，水母触手的刺奈何不了它。再说以体重比，它们的差距也太大了。

李老师想要把船开得更近一些，阿山说：“将就着看吧，我也不知它的脾性。它若是吃得兴起，谁知道还会玩什么把戏？”

看的时间长了，我们发现水母们似乎并不想乖乖献身，而是显得有些慌张，四处逃散，但显然它们游动的速度太慢了。再说，水母群是那样密集，跑了张三，还有李四。

翻车鱼慢慢下沉了。是吃饱了，还是发现了更好的美味？

我们已经看不到它的身影了，正在议论是不是该回时，海面响起尖厉的破水声，蹿出一条庞大的鱼——啊，是翻车鱼！那体型是它的专利，银灰色的肚皮在阳光下闪着银光。离海面两三米时，才低头，往下扎，像鱼跃滚翻。那力度和在蓝天中划下的弧线优美极了。轰的一声，水花如喷泉迸射。

海浪像山一样拍来，虽然阿山已在掉头，但小船真如一叶扁舟，抬上，跌下。原来翻车鱼还有如此翻江倒海的阳刚个性！

真是惊心动魄，令人瞠目结舌！

待海浪稍平，我们才缓过神来。

阿山说："没想到吧，它还有这么一手！不错，别看它平时很温驯，也没有特殊的防卫武器，受尽了食肉动物的欺凌，可它也是有绝招的！到了繁殖季节，雄鱼先要在海床上寻找一处好场地，然后用鳍挖一大窝凼，再翩翩起舞，吸引雌鱼。取得了对方欢心，便双双来到准备好的新房。雌鱼产完卵，立即拂袖而去，雄鱼产出精子，然后就守在新房，守卫着未来的儿女，直到小鱼孵出，能独立生活为止。父爱如山啊！你们知道它一次要产多少卵吗？两三亿颗！但真正能长成大鱼的，不到千分之一。聪明吧，它就是这样以多取胜的。但因为它的肉质特别鲜美，经济价值高，遭到了人类的残酷捕杀。要知道，它吃水母，是维护生态平衡的重要角色。这样珍贵、稀有的物种，再不加以保护，就要灭绝了！"

我们听得既感动，又为阿山的进步高兴。

它躺到海面上了，像个漂浮物。褐色的上身，银色的肚皮，被灿烂的阳光、湛蓝的海水映得特别可爱。

是刚才腾空翻跟斗摔伤了，还是吃饱了胀的？兴奋还未过去，我们又为它的现状担忧起来。

阿山说："都不像。看它那副舒坦的懒样，倒像是在享受日光浴！对，我想起来了，有人叫它太阳鱼，大概就是这原因。"

我们还是将信将疑，不愿离去。

它将身子转正了，只把高高的背鳍露出海面，像停在那里小憩……不对，像是在慢慢移动。可没看到鳍在划动呀！可它确实在移动。难道是将高耸的背鳍当作了帆，借着风力漫游？它的背鳍还没有旗鱼的大呀！

我刚将这新发现说出，他们就乐了。

李老师说："没想到这个傻大个竟有如此闲情雅趣。生命太奇妙了！"

我相信这条翻车鱼就是我们昨天救护的那条，它为了报答我们援手相救的情谊，才表演了这幕美丽的生命图景！

三只螃蟹分类

我们和皇甫博士及她的科研团队相识充满了戏剧性，短短几天的惊险奇遇，留下了很多悬念……

我不禁对皇甫博士的生平感起兴趣来，我想知道她的经历，是什么促使她对海洋生态感兴趣，进而对珊瑚进行钻研。另外，我也想将我在讲座里得到的三个反馈信息与她交流：

第一，国土是一个国家和民族生存的根基。谁都知道我国有 960 万平方千米的辽阔国土，但又有多少人知道，我国还有 300 万平方千米的海疆？又有多少人知道，拥有一个弹丸之地的岛礁，根据《海洋法公约》，就拥有了数万倍面积的海疆？

第二，建设生态文明，推动可持续发展是人类共同的追求，是我国的重要战略思想，但有多少人知道生态文明的内涵？又有多少人知道生活中应该遵守哪些行为规范？

第三，自然养育了人类，可别说城市少年，就是一些青年教师也不知稻、麦为何物，更别提如何区分。

后来有一次，皇甫博士终于跟我讲起了她的经历：

她的中小学阶段是在江西的山区县城度过的。她说："我喜欢玩。其实，我觉得知识的海洋充满了奥妙，当这些奥妙向你敞开大门时，真是其乐无穷！世界上哪有这样好玩的事情？譬如数学，你要知道一个未知数，只要解开几个方程式，那未知数就出来了。科学家将研究成果用数学公式来表达，因为公式就是规律，公式就是他们追求的美。"

这个"玩"字具有丰富的内涵，大有"仁者见仁，智者见智"的意味。她向往大海，考取了南海的一所大学，学的是水产专业。或许是因为喜欢玩吧，毕业后，她应聘到一家海洋水族馆当顾问。比起顾问一职，她更喜欢穿梭于海藻、珊瑚中，与鲨鱼、海豚、海狮、海龟、乌贼等海洋生物嬉戏。异彩纷呈的海洋世界给了她无穷的乐趣，也激发了她内心深处的理想的萌动——向往大海、大洋。

于是，她去报考了海洋研究所。凭着优异的学习成绩和在水族馆的实践，她毫无悬念地被录取了。

跨进研究所的大门，各种研究室让她眼花缭乱——物理海洋与海洋环境生态研究室、海洋地质研究室、海洋生物研究室、海洋药物研究室、南海深海海洋观测研究站、海洋植物研究室……真像找对象看花了眼，不知该许配给谁家。

研究所的领导很开明，没有为难她，暂安排她到工会，先熟悉熟悉情况，再选研究方向。

还是爱玩的天性让她玩出了机遇。她爱打网球，搭档是工会主席欧大姐，两人配合默契，共同享受体育的快乐，也就多了一些交流。有一天，欧大姐不知是有心还是无意地对她说："你的网球打得很好，基本功是哪位老师教的？练了几年？"

皇甫晖笑了，说："我的老师可多了去了！我喜欢看网球比赛，温网、澳网等世界大赛我都看，剽学的。"

"看来你悟性很高呀……"欧大姐说，"所里有位邹老教授，研究珊瑚分类几十年，到过西沙群岛、南沙群岛、地中海、印尼……分类学是最基础的学科，但一般人都认为它比较枯燥，不太容易出成果；再是我们虽然是海洋大国，但比起先进国家对海洋的研究，还有一大截差距。都说21世纪是海洋世纪，只有人才跟上了，才能落到实处。珊瑚礁生态系统是海洋中的顶极生态系统，我国专攻珊瑚分类的，除了邹教授，寥寥可数。"

欧大姐看了看她的神色，又加重了语气说："研究珊瑚分类，可是要翻江倒海的，枯燥，难出成果啊！"

没想到皇甫晖却很有兴趣："要把成百上千种珊瑚一一比较、认出，这不就是智力游戏？好玩！还能到大海大洋中去考察，想想就够刺激的！不过，邹教授会不会收我？"

欧大姐爽快地说："那我去帮你问问。"

没两天，欧大姐就兴高采烈地通知她：成了！她有十足的理由高兴，因为邹教授已经60多岁了，又很有个性，眼看这个古老又充满新意的学科就要后继乏人，现在却突然有了转机。多年之后，人们还在夸欧大姐的伯乐眼光。

皇甫晖到邹老师那里报到。邹教授开宗明义："珊瑚礁的最大价值在哪里？在于它不仅是海洋生态系统的框架生物，而且与藻类共生带来了极高的初级生产力，从而在热带、亚热带海域能够构建起一个异常绚丽多姿、壮美的珊瑚礁生态系统。它繁荣了海洋渔业资源、药业资源，保护了生物多样性和我们的海岸线。试想，如果珊瑚礁生态系统遭到严重破坏，甚至毁灭，海洋岂不成了蓝色的沙漠？”

关于分类学，邹老师说了一个故事——一位老师给学生拿来三只螃蟹，让他用三天时间将它们分类。于是，这位学生对它们的颜色、外形和内脏反反复复地进行比较，查阅资料。第四天，他去交答案：三只螃蟹属于三个不同种类。可老师说，正确答案是三只螃蟹属于一个种，并让他回去好好思考为什么答错了。邹老师说，分类学很古老，它看似简单，但也最容易引起争论和犯错误。科学史上不缺少这些故事。连马克思对澳洲的鸭嘴兽分类也出过错，后来还特意写了文章，请鸭嘴兽原谅。邹老师告诉皇甫晖，每一种生物都受环境、季节、气温等因素的制约，明白了出错的原因，也就知道了分类学的根本。

言者有意，听者用心。皇甫晖说，邹教授的这个充满智慧和哲理的小故事使她一生受用。那年她在澳大利亚做访问学者时，发现了一种粉红色的多孔鹿角珊瑚，而在南海，多孔鹿角珊瑚是荧绿色的。难道是两种不同的生物？她想起老师三只螃蟹分类的故事，才没有因为色彩的差异而误入歧途。

不多久，邹教授对她说：“近二三十年，海洋科学已经有了长足的发展，你们这一代不仅要追上去，还要承担构建我国海洋科学体系、开拓新研究领域的重担，应该再读博士研究生。你手头做的事分一部分，还是由我自己做。我已经了解到有所大学正在招生，你去报考吧。”

皇甫晖听蒙了，有机会读博士当然求之不得，但自己刚来不久，老师是不是对她的工作不满意，想用体面的方式把她打发走。

她的犹疑当然没有逃过老师的眼睛，邹教授说：“那个大学多次请我当导师，这次我同意了。你去读在职的，边工作边学习吧。”

嘴舌并不笨的她感动得半天说不出一句话。老师的良苦用心成了激励和

▲ 多姿多彩的珊瑚世界(李珍英拍摄)

鞭策。

邹教授却是满脸的忧虑，沉默了半晌，才说："造礁珊瑚生活在浅水，最宜温度是22℃—32℃。由于全球气候变暖，人类活动加剧，特别是无序、没有科学预测和评估的开发，可以预见，将给珊瑚礁生态系统造成严重灾难，而我们将面临'珊瑚礁生态系统对全球气候变化和人类破坏的响应及其演变'的严峻课题。一句话，如何保护珊瑚礁生态系统，既要恢复，又要发展。需抓紧时间，努力学习，做好准备，迎接挑战。"

事实不幸被邹教授言中。根据《2004年世界珊瑚礁状况报告》，全球有20%的珊瑚礁被彻底摧毁，并且没有恢复的迹象，另外有50%的珊瑚礁面临严重威胁。最明显的是1997年至1998年的厄尔尼诺现象，水温升高造成全球珊瑚礁大量热白化，甚至死亡。

皇甫晖的考察也作了证实。如广西涠洲岛，1998年，夏季西南风连续吹了50多天，水温比往年高出2℃，造成20多种珊瑚热白化。再如海南三亚，20世纪六七十年代，那里有较高的珊瑚覆盖率，可之后也出现了多处热白化。

皇甫晖曾多次说起她的老师对她的影响深刻。有哪些老师对她做过指导，那是长长的一份名单——所里的，中国科学院的，澳大利亚的，美国的……感恩之情溢于言表。

她在海洋水族馆的实践，以及跟着老师的学习体会，使她深深地感到实际考察的必要。即便文字如何精确，也很难准确描绘出海洋中鲜活的珊瑚种类。

在全球气候变暖，人为破坏加剧，使珊瑚礁生态系统遭受严重灾难的情况下，这个系统本身有了怎样的变化？应该采取哪些措施去保护和恢复海洋中的顶级生态系统，保护人类赖以生存的家园，推动可持续发展？……带着这些问题，她走向了惊涛骇浪、风云诡谲的海洋，开始了时空穿越，去认识一个全新的世界。这不但需要百倍的勇气和顽强的意志，更重要的是还要有智慧和灵感。

从哪里开始呢？

从全球珊瑚礁最新分布图来看，珊瑚广泛分布于全球的热带、亚热带海域，曾多达7000多种，但现今仅存2000多种。现代珊瑚礁主要分布在太平洋—印度洋赤道两侧，南北纬30°范围之内。大西洋主要局限于加勒比海地区。我国沿岸的现代珊瑚礁最北只分布到北纬20°的雷州半岛，不成礁的石珊瑚最北只分布到北纬23°39′的福建东山。

皇甫晖选择从福建东山开始，由北向南，带领研究团队，用数年时间，走遍广东珠江口和雷州半岛、广西涠洲岛。海南是重点，从琼东到琼西——洋浦、三亚，直至西沙群岛、中沙群岛、南沙群岛……

行万里路，读大海鲜活的书，收获颇丰。首先是摸清了我国珊瑚资源，据以往资料，我国发现、记录的珊瑚有 174 种，她在数年的考察中新记录到 32 种，将总数增加到 206 种，为我国珊瑚资源宝库增添了新的成员。

每一次考察都惊险迭出，每一片海域都精彩纷呈。她对生命的意义有了深刻的领悟，对自己的努力有了明确的方向和目标——

是的，微小得肉眼难以看清的珊瑚虫吸引了虫黄藻与其共生之后，经过千万年的努力，居然构建了如此绚

▲ 瘿叶蔷薇珊瑚（杨剑辉拍摄）

丽多彩的海底花园、顶级生态系统，成了几千种海洋生物的家园，使营养贫乏的海洋成了人类赖以生存的牧场——生命是如此美丽、伟大！

但同时，她也看到了由于气候变暖、海洋污染、人类的贪婪和愚蠢，这个美丽而珍贵的生态系统已经遭到了极大的破坏。然而，无论是气候变暖，还是海水酸化，其根子还是人类活动增加了二氧化碳的排放。人祸大于天灾！天灾的根子还是人祸！也就是说，只有消除了破坏珊瑚礁生态系统的根源，才能保障它的繁荣和发展。

皇甫晖常常凝视着考察笔记上写下的字：天灾……人祸……人祸大于天灾……

她思考着。终于有一天，灵感犹如电光石火，照亮了她的梦想。

既然封山育林、植树造林是恢复、繁荣森林的有效措施，那么，海洋的珊瑚礁生态系统能否借鉴呢？

她对邹教授说的“珊瑚礁生态系统对全球气候变化和人类破坏的响应及其演变”有了更深刻的了解，她将其凝练成——

“封海育珊瑚”——保护珊瑚礁。

“植珊瑚造礁”——恢复、繁荣珊瑚礁。

皇甫晖被自己的梦想吓了一跳。“植珊瑚造礁”？珊瑚虫并不是小树苗，虫体很微小，而且还要能吸引虫黄藻与其共生，要种它，谈何容易？简直是天方夜谭！

但正是丰富的想象和澎湃的激情给了科学家奋斗的目标，激励着他们勇往直前！

皇甫晖用自己的梦想凝聚了科研团队，成了团队的灵魂，在蔚蓝的海洋开始了追梦之旅。

飞箭齐射

我们也选择皇甫晖考察珊瑚的起点，继续说她在大海中劈波斩浪的故事！

她是从福建东山开始对珊瑚进行考察的。东山珊瑚省级自然保护区面积有 36000 多平方千米，是我国珊瑚分部的最北端。它位于福建省东南端，南濒广东，与台湾隔海相望，属于东南亚典型的海洋性季风气候。

珊瑚分为两大类：一类为造礁珊瑚，又称石珊瑚，因为有虫黄藻共生，生活在阳光充足的浅海水域，有外骨骼，能形成礁石；另一类是非造礁珊瑚，因为没有虫黄藻共生，大部分生活在较深的海域，很少有骨骼，无法造礁。

从广东沿岸的大亚湾往北一直到北纬 24° 的东山之间 330 千米的范围内都没有造礁石珊瑚的踪迹，但东山有造礁石珊瑚群落带，且分布面积达到 500 多平方千米，品种繁多。这当然与它得天独厚的自然环境有关。其本身就是奇迹，在科学研究中有着重要意义。

考察的结果令人兴奋不已，发现珊瑚 3 目 12 科 32 种。

标准蜂巢珊瑚呈块状，上面布满蜂巢般的孔洞——是为了呼吸，还是为了引诱其他生物居住？它们的色彩有灰白略映赭晕的，有淡绿的，有泛着浅红的。

另外一种珊瑚与蜂巢珊瑚相似，也是大块头，只不过身上全是方块形的裂纹，与其说像竹块凉席，倒不如说更像龟壳。

盾形陀螺珊瑚倒是像盾牌，但难以找到陀螺的特征。是因为取得命名权的第一位发现者看到的它的确有陀螺的神韵吗？

刚看到锯齿刺星珊瑚时，还误以为它是秋天荒地上的草丛，一簇簇棕黄色，被灰白色衬得非常显眼。

最艳丽的是猩红筒星珊瑚，如朵朵金菊盛开，层层的条状花瓣中是红色的花蕊在怒放，娇柔艳丽，看得你直想俯身呼吸它的芬芳。

滨珊瑚多是褐色的大块头，常像个小山包屹立在海底。它也是一种古老的珊瑚，结构犹如树木的年轮，记录了这片海域千万年来的气候、地质变化，特别是珊瑚礁生态系统的变化，因而受到地球物理学家的特别关注。中国科大的一位教授就曾从西沙东岛潟湖的岩芯上，看到了东岛的地质年代及发生过几次沉浮。

这里一共生活着 6 科 10 种造礁珊瑚，其中有 7 种是二级保护动物，也是世界《濒危野生动植物种国际贸易公约》所禁止贸易的。

造礁珊瑚不仅色彩绚丽多姿，其形状也是多种多样的。珊瑚也如一切生命，总是以变化多姿的生命形态来彰显生命的存在和美丽。它们有枝状的、筒状的、块状的、杯状的等。

东山的珊瑚以柳珊瑚最为丰富多彩，有小尖柳珊瑚、刺柳珊瑚、花柳珊瑚、全裸柳珊瑚、软柳珊瑚、小月柳珊瑚、印马刺尖柳珊瑚等，而刺柳珊瑚、小月柳珊瑚和小尖柳珊瑚的数量最多。它们色彩多样，十分艳丽，生长在水流湍急的海域，常如风吹杨柳般婀娜多姿，于是构成了一道靓丽的风景线，是潜水爱好者最为追捧、最为迷恋的景观。它们还是很多生物，如海蟹、螺贝、鱼虾、浮游生物的栖息地，是重要的生态资源。当代医药学已经从柳珊瑚中提炼出一种物质，对治疗癌症有明显作用。事实上，从海洋生物中提取药物，治疗各种疑难杂症，造福人类，已经形成了巨大的产业。

当然，这里的珊瑚礁所遭受的破坏还历历在目，有的地方甚至触目惊心。所幸，它离海岸较远，更幸的是建立了自然保护区。

东山珊瑚省级自然保护区生物资源丰富，在这一带海域，尤以白海豚和文昌鱼最为著名，都属于一级保护

▼ 柳珊瑚，红艳如火；尚有黄色，称之为金柳（李珍英拍摄）

动物。皇甫晖当然想见到它们，却一直无缘，这也就更激起她内心的渴望。

我和李老师 1999 年曾在厦门大学黄教授带领下，到大海寻访过白海豚，也曾写下过这段文字：

白海豚是二次下海的哺乳动物。海洋生物登陆，繁衍了千姿百态的陆生动物。生存竞争、进化，出现了人类。可是，白海豚却在进化的过程中，又回到了大海。是对大海的思念，还是什么更为神秘的原因？这对生物学家来说，就不仅仅是有趣了。

那天，海况不太好，风大，有雾。我们去的海域，黄教授前天还发现过二十多条白海豚，可这天搜索了三个多小时，才终于如愿。虽然朦朦胧胧，但那拱背鱼跃、乘风破浪的雄姿，已经足以酬劳在海上颠簸几小时的我们。

其实，正是老黄告诉我，这个海域还生活着另一种极其珍贵、稀有的物种——文昌鱼。它是脊索动物，是无脊椎动物向脊椎动物的过渡物种，俄国科学家瓦列夫斯基称其“填补了两者之间的空白”，为达尔文的进化论提供了实证，因而达尔文高度称赞“这是一个最伟大的发现，它提供了揭示脊椎动物起源的钥匙”，是脊椎动物祖先的模型，因而在研究动物进化发展史上，具有重大的科学价值。我国在尚未发现文昌鱼时，都是用外汇从国外高价购买，以供教学和科研的需要。

我和古生物学家陈教授交情很好。那年，一个秋末初冬、阴雨连绵的日子，我到南京去拜访他。他向我讲述了在云南澄江的化石中，发现了 5.4 亿年前寒武纪生物大暴发的证据——从采集到的动物化石标本来看，那时的海洋动物丰富到几乎已经涵盖了今天动物学分类上的所有的门，后来的新物种只是去填空。这很像门捷列夫元素周期表的伟大与预见性。这些化石的发现，意味着对达尔文进化论的挑战。其实达尔文曾说过，将来有可能对其理论形成挑战的就是寒武纪动物化石的大量发现。

这一发现震动了世界，成了那几年的热门话题，这也是我去拜访陈教授的初衷。他用澄江化石生动地说明了哪些动物进化了，哪些物种灭绝了，哪些动物至今仍和5.4亿年前的一样——这本身就充满了玄妙。而现在的文昌鱼就与5.4亿年以前的文昌鱼几乎没有任何区别，因而也被称作活化石。这里面究竟隐藏了什么奥秘？这是动物学家需要解开的谜。

从无脊椎动物进化到有脊椎动物，这是生命史上的一大飞跃。有了脊椎的动物，无论是掠食还是运动，都有了更大的空间。但科学家们一直没有找到这中间的过渡型。就像鸟究竟是由哪种动物进化而来，一直争论不休，直到科学家们在化石中发现长有羽毛的恐龙，这才找到了鸟是由恐龙进化而来的实据。

文昌鱼通常只有四五厘米长，但据说也有可能长到四十厘米。它的肉呈红色，皮肤很薄，半透明，你似乎可以看到它从头到尾由一根脊索在背部支撑。脊索有弹性，能弯曲，但那不是骨骼。文昌鱼的血液不是红色，而是无色。这就是脊椎动物的初期状态，也就是说之后经过千万年的进化，才有了脊椎动物。文昌鱼在世界其他地方早有发现，但在中国为什么发现得较晚呢？这是因为它的生长环境很特殊。

其实，早在300年前，厦门渔民就发现了文昌鱼，因为它肉质鲜美，营养丰富，经济价值高，成了厦门的

▲ 文昌鱼（选自视觉中国网）

特产。据说在 20 世纪 50 年代，年产量曾达到 200 多吨。但 1956 年后，随着海堤的兴建，围海造田，引起环境恶化，致使它成了极度濒危的物种。直到建立了文昌鱼保护区，情况才有所好转。原来在我国的青岛、烟台等沿海地区也有文昌鱼栖息地。

这片海域的考察快结束了，可皇甫晖深感有种遗憾——虽做过很多努力，却一直没见到白海豚和文昌鱼。对于研究海洋生物的科学家来说，这两种珍稀动物具有极大的诱惑和美学价值。他们总是在研究动物的美——自然科学的美和文字艺术的美。虽然美有不同的呈现形式，但本质是相同的。

不知是什么触动了她的灵感，那天傍晚，她要小李、小袁跟她下海。他俩有些疑虑，不明白为什么天快黑了还要下海，因为夜潜会有很多危险，而他们并非专业潜水员。

皇甫晖说："去碰碰运气吧，也许会撞大运呢！"

两人见她眼神中满含神秘，笑容中流露顽皮，就兴致勃勃地跟她下海了。

船停了，他们换上潜水装。小李说："这不是今天下午才来考察过的地方吗？"

"不是我还不来哩！"皇甫晖说。

"白天遗漏了什么项目？"小袁又问。

"也是也不是吧。"她说着，就扑通一声下海了。两人紧紧跟随。

这片海域的珊瑚只有稀疏的小群落。五彩斑斓的鱼穿梭在漂浮的海藻中，忙着捕食，享用晚餐。转了两圈后，她出水了，说："分开搜索吧。在两点钟方向和四点钟方向可能有大片的海底沙地。我在中间，专找较洁净的沙地，发现就发信号。"

西天的晚霞正轰轰烈烈地铺展开，映得大海一片辉煌。海水中，也是一片彩色的光晕。

不久，皇甫晖就把他俩招呼来。这是海底的一片沙地，很纯净，足足有两三个足球场大，漂浮着稀稀落落的海藻，很像长有零零落落沙生植物的沙漠。鱼、虾、贝都是常见的品种，数量却不多，与珊瑚礁中鱼、虾、贝数量之多形成了强烈对比。根本没发现什么异常呀！

小李有些纳闷。皇甫晖示意他注意沙地。

是的，这块沙地确有些不平常，长了一些像沙生植物梭梭、芨芨草的幼苗，短短的，疏密相间，似乎还在微微地点头哈腰。小李想往前去看得真切一些，却被皇甫晖严厉禁止了。小李更纳闷了，难道那“茅草”有什么神奇，还是说有毒？海洋中很多生物的自卫或猎食的武器就是毒素。

这时，一条红色的缀着白色横斑的大鱼游了过来。怪！像是一道无形的气场，那些短短的“茅草”“梭梭”顷刻间消失了！

那鱼游走了。嗨！它们又从沙中钻了出来！

鱼游到哪里，哪里就缩回到沙中。

是虫？是鱼？反正是动物无疑！

这里盛产“土笋”，那是一种沙虫，也是一种美味。镇上每天都有用小桶盛着卖的，可它们生长在海边的滩涂里。小李曾亲眼见过大嫂们在游泥里挖掘“土笋”。

小李搜肠刮肚。乍一看，像鞭柳珊瑚丛，再一看，难道是花园鳗？它可是海底摇摆舞的明星，下半身隐在沙中，只露出上半身随海流拂动，远远望去好像花园里的草在随风摇摆，极尽婀娜多姿，将阳刚与柔美融合得天衣无缝。可不对呀，花园鳗要比它大得多！

小袁浮了上来，问皇甫晖：“是文昌鱼？”

“不然我会冒险带你们夜潜？”皇甫晖笑得很灿烂。

小李悔得直拍自己的脑瓜。

“可以再悄悄接近一些。”皇甫晖又指示道。

只见它们正在跳摇摆舞，其实那是在搅动海水，捕捉水流带来的各种浮游生物和藻类。

大海已被淡淡的暮霭笼罩，西天的一抹晚霞也要沉入海底。海面浮起光怪陆离的色彩。

小袁浮上来说："趁着天还未黑透，回去吧。该看的算是已经看到了。"

小李也说："茫茫大海上就这么一艘小船，夜潜很诱人，但危险也大。我曾遇到过被海流冲走，浮出水面却找不到船的情况。"

皇甫晖却兴高采烈："最精彩的可能还在后面。我就是要等到天黑，看看这个沙地舞台上还要上演什么节目。看戏只看个开头，那不是太亏了！"

▼ 花园鳗（选自汇图网）

充满悬念的话很吊人胃口，两人立即充满了期待。

天黑透了，他们又潜入海底。

刚打开头灯，就见一只螃蟹横行而来，行动诡秘，两只眼珠支棱着。它悄无声息地接近了文昌鱼，就在文昌鱼全速缩进沙中时，它已经猛扑过去，一头扎进沙中。文昌鱼大概忘了，穿地打洞也是螃蟹的生存智慧。只不过螃蟹从沙中出来，大钳上却空空如也。那只运气不佳的螃蟹改变了策略，更加小心地向目标潜行。然而，还是被文昌鱼发现了。等它从沙中拱出时，仍是懊丧的神情。

是文昌鱼在沙中更为灵活、机警？它是纺锤形的，当然有其优势，而螃蟹的身形决定了它在沙中的笨拙。

螃蟹又一次从沙中钻出，高高举起的右钳上终于有一条文昌鱼在扭动，它有了骄傲的理由。

突然，海底沙地发射出无数飞箭，向海面射去，前蹿后追的景象无比壮观，以至于他们几乎能听到水里的嗤嗤声。那是文昌鱼。谁也没想到这些弱小的生命居然爆发出如此惊心动魄的力量！

小李突然悟出皇甫晖“更精彩的在后面”，悟出文昌鱼只是在白天悠闲地晒太阳，享受生活的甜美，夜晚才是它们尽情狂欢的时光——这时正值浮游生物群集。

嗬！它们游泳的姿势竟如竹蜻蜓——不是海蛇般曲身游动，而是旋转着向前，当然这就有了获取更多食物的机会。

螃蟹对文昌鱼这种高速运动无可奈何，心有不甘地在水底潜伏，守株待兔。

正当他们沉浸在发现文昌鱼特殊生活方式的时候，一阵响亮的水激声从身后传来。

好家伙，二三十条大鱼如水雷一般呼啸而来！

骤然的变故使他们本能地想浮出水面，可未等他们蹬腿，庞大的鱼群已经飞一般游过。小李正庆幸居然谁也没被撞到时，文昌鱼已如雨箭一般降落，回到沙中。

是剑鱼？可它们并没有挺出长长的利剑。是旗鱼？可它们并没有如旗帜般的背鳍。是金枪鱼？可肤色不对呀！

那群大鱼浮到水面后便立即散开，兴奋得又是嘶嘶叫，又是拍打激水，还有的鱼跃滚翻，灰的红的身影频频闪动。

所有的文昌鱼都藏到沙中了。

那些鱼雷般的大鱼有十多条在海面游动，其余的却潜到海底，像王者巡视自己的领地。这使人想到山野中的云豹，当它们找到猴群时，并不急于下手，而是先巡视一番抱着头、吓得瑟瑟发抖的猴子们，然后再挑肥拣瘦，一一攫取。因为云豹同样具有在树上飞跃腾挪的本领。

沙地上除了海藻在拂动，已空空如也。小鱼小虾早已闻风丧胆。

难道这群大鱼也有钻沙入地的本领？

能钻沙入地的鱼为数不少，但像它们这样庞大身躯的却很少见。

奇事发生了！鱼雷般的大鱼三五成群，排成一行，只听一声嘶叫，就见沙在翻涌，一片浑浊。

更奇异的事情发生了！一条条文昌鱼惊慌失措地露了出来。大鱼轻松自如地将它们收拾得干干净净——原来是在吹沙——就像赶海人用锨铲起沙，往空中一抛，那些藏身沙中的文蛤、等腰蛤就全部原形毕露，通通被赶海人捡进鱼篓。

接着，这群吹沙的大鱼忽然浮上了水面，参与戏水。在海面戏水的却潜到海底，玩着同样的把戏。对，赶鱼的、猎鱼的分工明确，配合默契，轮流作业。

皇甫晖、小李和小袁兴奋异常。海底漆黑，潜水头灯光照有限，他们只得使出浑身解数，灵巧快速地追逐、接近那些大鱼。它们竟然毫不畏惧，让三人看个够——看清了，看清了，它们有鱼雷般的体形，肤色有的是灰白色，有的是粉色，有的红色更深，还有印着灰色斑块的。最特别的是，它们有那突出的像鸭子一样的扁嘴。

水中响起了叫声。

小李看到皇甫晖正在撮唇弄舌。不知怎么一回事，神了，一条粉红色的大鱼径直游到了她身边。她先拍拍它的头，又在它身上抚摸。妙极了，那鱼居然用油亮的扁嘴亲吻她的脸。

她用手在它背上拍了两下，那大鱼竟游动起来，她立即用右手环抱，乘上了“鱼雷快艇”，优雅而潇洒地航行。

小李、小袁不傻，立即仿效。他们虽发不出皇甫晖撮唇弄舌的声音，却各有门道与它们嬉戏，直到玩得尽兴，才浮出水面。

“白海豚！”小李、小袁欢呼。

“不是它，我会费这么多心思？”皇甫晖说。

不错，他们为了见到文昌鱼、白海豚，走遍了这片海湾、出海口，却一直无缘相见。谁承想今天竟有这样的奇遇！

小李感到奇怪：“你怎么想到这里有文昌鱼？”

皇甫晖说，是今天在珊瑚群落考察时，亲眼见到一个小动物闪电般缩进沙中，激发了她的灵感。是的，是在沙地，但只是珊瑚礁边的一小块。文昌鱼只生活在海底的沙地。至于遇到白海豚，则纯属偶然。

皇甫晖颇有感慨地说：“岔路风景好啊！”

这没头没脑的一句话，似是对现场的总结。别看是大白话，却充满哲理。是说在科研中应有的思维方式，还是指……他们在日后研究珊瑚中，慢慢体味到其中的深刻含义，受用不尽……

待他们决定返回时，却找不到船了，只有黑暗的茫茫大海和偶尔溅起的浪花。发现文昌鱼和与白海豚嬉戏激起的顽童般的欢乐，使他们没发现自己远离了小船。

三个人连忙聚到一起，将头灯对着不同方向。

谁知道船长能不能看到。

南沙群岛有潟湖

美丽富饶的南沙群岛是由珊瑚礁形成的。也就是说，珊瑚创造了南沙群岛。这浩茫的海域是我国唯一位于珊瑚礁核心分布区的海域。

南沙群岛是我国最南端的海疆，是一个由几百个岛、洲、礁、沙、滩组成的浩浩荡荡的椭圆形珊瑚礁群，但露出海面的只约占五分之一——有11个岛屿，5个沙洲，20个礁。南沙群岛的主要岛礁有太平岛、中业岛、南威岛、郑和群礁等。南沙群岛位于北纬3°40′至11°55′，东经109°33′至117°50′，北起雄南礁，南至曾母暗沙，东至海里马滩，西到万安滩，南北长500多海里，东西宽400多海里。它周边自西、南、东依次与越南、印度尼西亚、马来西亚、文莱、菲律宾隔海相望。它是连接太平洋与印度洋的交通要道，是来往东南亚、中东、非洲、欧洲必经的国际重要航道。

南沙群岛是中国人最早发现、命名的。中国人世世代代在此航行、捕鱼，从事生产、经营活动。古籍《异物志》《扶南传》

《旧唐书·地理志》等多用“千里长沙”“万里石塘”称之。南沙群岛是海上古丝绸之路的重要驿站，自古以来就是中国神圣的领土。2012年，我国成立了三沙市，统管西沙、中沙、南沙群岛。

南沙群岛是研究珊瑚的圣地，皇甫晖决定出征。为了这次出征，她已经做了几年的准备。

由于当时条件的限制，她无法单独组队，只有等待。那年初夏，机会终于来了，那是一艘综合考察船。尽管尽了最大努力，最后仍只争取到两个舱位。她还是兴高采烈地接受了，并做了精心安排。

大家都争着报名，各自强调自己项目的重要性，连聘请的潜水员小笪，不知从哪儿听说了消息，也来软磨硬泡。最后却是没有报名的小杨被选中了。

皇甫晖和小杨一同从广州登船。尽管挑选了在东南季风尚不强烈，离台风盛行还有段时间的时候出海，但大洋上还是“无风三尺浪”。晕船的早已吐得地动山摇，皇甫晖和小杨反应不算强烈，但还是挺不舒服的。

考察船在海上航行了几天几夜，越过了西沙群岛，穿过了中沙群岛。皇甫晖夜里做了个美梦——红珊瑚、金珊瑚环绕四周，醒来后走上甲板，眼前的景象让她热血澎湃——

阳光下的礁盘霓霞弥漫，犹如一颗硕大无比的梨形翡翠，绿茵茵地点缀在无边无际的大海上，温润、可爱，更显出大海的灵气、妩媚和骄傲。

翡翠宝石上屹立着丰碑般的高脚屋和楼房，五星红旗在蓝天中高高飘扬。摄人心魄的震撼力是无以言表的。

船长宣布，前方是渚碧礁。

一只白色的大鸟从二三十米的高空一头扎进了翡翠湖中，瞬间又钻了出来，嘴里钳住了一条红鱼，抖起飞溅的银珠……尖锐的扑喇声将她从梦幻中惊醒。

渚碧礁是个暗礁，只在退潮时露出海面。高脚屋就建在礁石上，它是20世纪80年代用钢铁作柱石，在礁上撑起的小屋。当年，战士们就在这里测风观云，预报气象，守卫着祖国的海疆。直到20世纪90年代，渚碧礁才建起钢筋水泥的楼房。高脚屋和楼房犹如丰碑，一同见证了我国国力的强盛，更见证了战士们对祖国的忠诚和热爱。

南沙群岛岛屿众多，有限的时间，与其走马观花，不如挑选一个考察。皇甫晖经过反复思考，选中了渚碧礁。它的优点在于岛上有驻军，而且还有潟湖，潟湖碧绿翠茵。

从卫星拍摄的地图看，渚碧礁是一个不规则的环形珊瑚礁，犹如翡翠梨子，礁盘大，面积有16.1平方千米，自东北到西南约有6.5千米，最宽处有3.7千米。环礁中间是个大潟湖，面积有7.05平方千米，深水处有20多米。

珊瑚礁分为岸礁、堡礁、环礁等。岸礁是紧贴大陆或大陆岛基岩的珊瑚礁，如我国广东雷州半岛沿岸的珊瑚礁。堡礁又称离岸礁，是离岸较远的浅海中，呈带状延伸分布的大礁体，最著名的是澳大利亚东北部绵延2000多千米的大堡礁。而环礁是兀立在海洋中的呈环状分布的珊瑚礁。

渚碧礁就是环礁，礁上有潟湖。并不是每个环礁都有潟湖。

皇甫晖深情地看着孤悬在大洋中的礁盘，她和小杨要在这里待上十多天，探索珊瑚世界的奥秘。

科学考察船的到来，对守岛战士来说，无疑是盛大的节日——这是亲人的探望，更是祖国的问候。他们受到了守岛战士的热烈欢迎，一时锣鼓喧天、彩旗飘扬。

对守卫在离大陆一两千千米，孤悬在茫茫大洋一块礁石上的战士的生活、心理历程、精神世界，没有这种经历或未身临其境的人是难以想象和理解的。

大海是壮美的，但如果365天都围在你的周围，难免会有审美疲劳。更何况大海还有另外一面，狂风骤雨、惊涛骇浪、高温、高盐碱、高湿。虽然岛礁四面都是水，但淡水很稀缺。虽然礁石也是陆地，但并没有多少可以种植蔬菜的土壤，淡水、蔬菜、水果等生活必需品都要从千里之外的海南岛运来。

其实这还不是最难耐的。最难耐的是礁上只有二十来名战士，而且清一色是男性。我们在西沙亲历的两个小故事，大约能从侧面说明这种无奈。

第一个小故事。当我第一次从西沙群岛的永兴岛到琛航岛时，同行的郭副司令郑重地对我和李老师说，上岛后一定要和每个列队欢迎的战士握手。我说，我们又不是首长。郭副司令却说，他们平时在岛上很少见到外界的人，能到小岛的都是亲人。是的，战士们喜气洋洋的笑脸和眼里闪烁的泪花让我深深感动。我握着他们的双手，也感到了他们的激动。李老师更是说不出话来，只是不断地拍着他们的肩膀。

还有个小故事。在最偏远的小岛服役的小高战士终于盼到了第一次探亲假。他到了三亚，一大早就提了个小板凳上街了。等到晚上回来，战友问他一整天干什么去了，他乐呵呵地说："过瘾，真过瘾！两年了，都没看到过这么多人，老人、孩子、姑娘、小伙子。真是过足了瘾！咱们那岛上只有三十多个小伙子成天跌打滚爬，响个屁，都晓得是从谁屁股缝里蹿出来的。"

珊瑚礁上突然来了几位科学家，其中一位女将还是研究珊瑚的首席科学家，战士们的兴奋之情是难以言表的。指导员对她说，只要是能办得到的，一定会竭力支持、帮助，同时盛情邀请他们给战士们讲课——讲珊瑚，讲海洋生物，讲保护海洋生态。

皇甫晖发现大洋上的旭日是金色的，当它从靛蓝的大海升起时，东天溢满了辉煌，绿茵茵的潟湖瞬间弥漫起光怪陆离的色彩，或飘荡或缠绵，如霓如霞，如梦如幻。

皇甫晖最爱潟湖，不仅因为它绿茵如翠，是潜水爱好者向往的天堂，还因为世界上的珊瑚环礁潟湖并不多。想想看吧，小小的珊瑚虫竟用世世代代的奋斗，在浩瀚的大洋上圈起了一个湖泊，使大海大洋多了一种生命的色彩；更何况，潟湖中，珊瑚、鱼类丰富。

她决定从潟湖开始考察。

潟湖是指被沙嘴、沙坝或珊瑚分割而与外海分离的局部海域，它分为两种——海岸类潟湖和珊瑚类潟湖。海岸类潟湖是滨岸坝与海岸之间形成的狭长而不规则的水域，著名的杭州西湖和汕尾的品清湖原来都是海岸类潟湖。而珊瑚类潟湖是由环状珊瑚礁环绕或由坝状珊瑚礁相隔而成，水域呈圆形或不规则状。渚碧礁上的潟湖就是由珊瑚礁环绕而成。平时这些珊瑚礁多在水下，但也有隐隐约约露出水面的，只有落潮时才露出较多。但由于湖水比外海要浅得多，因而现出绿茵茵的色彩，非常美丽。

皇甫晖选了个如意的地方下潜。水中看到的潟湖像充满肥皂泡的童话世界，层层叠叠的珊瑚筑成了水晶宫，忽然使她想到昨夜的梦。

他们原计划先绕潟湖一周，对它有个大致印象，再分区、划片，可谁知没游多远，就被一株晶莹的、闪着酱色的珊瑚夺走了心魄。太美了！它硕大，像一朵盛开的花，花瓣秀出半弧外披，绿色的花蕊俏丽地坐落在中央；花瓣与花瓣之间如裙裾相连，因而又像一颗大香菇，依偎在沙地乱石中。

皇甫晖游了两圈，认出这是圆冠珊瑚。小杨立即选取了最好的角度进行拍摄。等他们回到广州，这张照片成了人见人爱、辗转相传的艺术品。

小杨不是专业水下摄影师，不是硕士，更不是博士，但他是这个团队不可或缺的人物。因为他做一样像一样，总是让人无可挑剔。凡是与研究课题相关的要动手实际操作的事情，离了他就玩不转。

海洋研究，特别是海洋考察，是份危险而艰苦的事业。按小袁的玩笑话说，选择这份事业的人，有的是全身心热爱，有的是为了理想，有的是为了生计，有的则是为了攫取财富。毫无疑问，小杨是属于全身心热爱的那类人。

层层叠叠、形态各异的珊瑚犹如高明的建筑师，使潟湖的海底好似密布了丘陵、峡谷、草地、森林，甚至亭台楼阁。绚丽多彩的鱼虾游动在五彩缤纷的珊瑚中，犹如飞舞的鲜花。

离开圆冠珊瑚，拐个弯，就见前方的山岩上一片灿

◀ 圆冠珊瑚（杨剑辉拍摄）

烂。朦朦胧胧中，像是踏入了云贵高原的杜鹃花丛——到处开满了红的、绿的、金黄的、紫的花朵。拂动飘逸的花瓣为丝，层次分明，犹如金丝菊。有的还在一张一合，像是在做伸展运动。

这一切太美了！他们屏声息气，向前奔去，尽管已经很小心翼翼了，但还是产生了惊动——几朵金黄的"小花"竟快速地横行起来，向珊瑚礁的罅洞中移动；另一处，三四朵红色的"小花"虽踽踽而行，却也行色匆匆。嗨，再一看，原来"花儿们"竟是"骑士"！"骑士"正骑着横行的小蟹和踽踽而行的马蹄螺！而那"骑士"则是绚丽如花的小海葵。金黄色的海葵骑在小蟹的身上，红色的海葵骑在马蹄螺的身上。它们组成了神奇的命运共同体。

我时常纳闷，无论是陆地动物还是海洋动物，在拟态方面，都是把自己模仿成植物，却很少有植物秀出动物的模样。

海葵长得很像植物，但其实是动物，属六放珊瑚亚纲的一目，共有 1000 多种。它体型有大有小，最大的直径可达一米多。那像金丝菊花瓣的其实是它的触手，长在圆筒状的身上。口盘如花蕊般挺立在中央，靠挥舞触手掠取浮游生物和小鱼小虾。它触手上生有刺细胞，抓住猎物后，立即从刺细胞中释放麻醉剂，待猎物麻痹，才送入中央的口盘。它和水母一样，是位美丽温柔的杀手。至于它绚丽的颜色，则是因为和珊瑚一样共生了藻类。

尽管海葵与造礁珊瑚有很多相似之处，但最大的区别是它并没有骨骼。它总是要找一个坚实的物体安营扎寨，然后分泌出一种黏合剂，与对方缠在一起。更为奇特的是，有些海葵还会找来螃蟹、贝壳、螺，附着在它们身上，而这些小动物也乐意与其结下牢不可破的友谊——因为这样就像给自己穿上了一身迷彩服，便于伪装，同时又能借助海葵含毒的触手，使敌人望而生畏，从而达到狐假虎威的目的！于是海葵能“骑马走天下”，得到更多的掠食机会。神奇的共生现象总能让动物学家如醉如痴！

不久，他们就看到了更为奇妙、精彩的一幕——

那是一簇更大的海葵，呈柠檬黄，直径总有八九十厘米，像是篷椎海葵。五六条小丑鱼正在其中游弋，那身上黑的、黄的、红的各色各形的斑纹，将黑背心小丑鱼、公子小丑鱼、金透红小丑鱼打扮得很另类。再看它们忽上忽下缭绕翻滚的游姿，竟然像万花筒。两人不禁哑然失笑。忽然，三四条小丑鱼慌里慌张地游进海葵，大海葵立即挥舞触手，追来的青色大鱼只能变道，擦着它游开了。

小丑鱼对这种玩命的游戏或许是胸有成竹，待风平浪静后，它们又游出安全堡垒，四散出猎。没一会儿，就赶来好几条小鱼。眼看就要进入大海葵触手所能到达的范围，有两条小鱼趁机想要逃窜，可是晚了，跟进的小丑鱼几乎是用自己的身子将它们顶了进去。

海葵的触手立即将它们抓住。小鱼挣扎，三四条触手便一拥而上。不久，昏迷中的小鱼就被海葵送入了口中。

小丑鱼恪守义务，精神可嘉。

另一批小丑鱼又从海葵堡垒中游出了，刚才赶鱼的那几条却赖着不走，只是在海葵口盘周围巡游。它们是在休息，还是想邀功领赏呀？

结果出来了，那条黑背心小丑鱼竟然游进了海葵的口盘。

不会是担心海葵没有吃饱，所以勇于献身吧？小丑鱼还有这种“美德”？

嗨，它游出来了，快活得摇头摆尾。

刚才那些小鱼就在小丑鱼嘴边呀，它只要张口，就能将其吞下，为什么

◀ 四色篷锥海葵和小丑鱼（杨剑辉拍摄）

还要拱手将猎物送给海葵呢？原来是在等海葵将小鱼消化成乳糜，它再去分一杯羹，这样营养丰富又省事。就像鲣鸟的雏鸟，总是用长嘴从妈妈的嗉囊中掏食半消化的鱼。

公子小丑鱼、金透红小丑鱼、黑背心小丑鱼们接二连三地从海葵口盘中进出，答案也就肯定了，的确是这样。

皇甫晖对生物共生的智慧有了更进一步的理解。这对研究珊瑚虫与虫黄藻共生有了更多的启示。

穿梭在珊瑚礁中的鱼成群结队，最美的当属蝴蝶鱼。它们色彩艳丽，或黄，或红，或蓝，缀以彩色的斑点和花纹，又喜集群，犹如花蝴蝶组成的仪仗队，庄严有序，翩翩游动。咱们平时在水族箱里也饲养蝴蝶鱼，但多是体型较小的。

皇甫晖和小杨正在欣赏时，却从火焰滨珊瑚那边蹿来一条美得惊人的黄色大鱼，小丑鱼纷纷惊恐地躲进海葵中。海葵似乎感到不妙，挥舞起八九条触手。可那些触手刚碰到大鱼，就从鳞片上滑了下来；再抓，又滑了下来，好像只是给它挠痒痒。海葵一看不妙，立刻想缩回触手。

迟了，大鱼张开大口就吃进了五六条，大快朵颐。皇甫晖看到，这条大鱼不仅美艳，身形也怪异——长方形，像翻车鱼的缩小版，要不是能看到黝黑的眼和嘴，还以为有身体没头哩。橙黄的底色将银色的方块般的鳞片直铺到下身，又突然淡出，留下银灰；再涂上一块月牙般的橙黄。那尾根不大，也是俏丽的银灰色，其后又是一块橙黄。

皇甫晖眼光刚转向小杨，小杨立即回应——它是蝴蝶鱼！

海葵已经变形——将所有触手缩回，抱成了球形。大蝴蝶鱼仍在埋头苦干！它知道海葵触手上的刺细胞奈何不了它，当然也就有恃无恐，吃得津津有味。直到一条比它更大的鲷鱼游来，它才恋恋不舍地游走。这条鲷鱼身上由黑、淡蓝、浅黄相间的直线条纹装饰，像一位时髦的阔少在目中无人地游行。

这让小杨想起了另一种鲈鱼，它的样子十分有趣，挺着个翠蓝色的啤酒肚，黑色的头盖上缀了金色的斑纹，像个大蝌蚪。

不过小杨觉得最有趣的还是鳞鲀科的鱼，印象中，它们头小，尾短，瞪着两只大眼。海洋中的鲀鱼多是这副模样，但也有异想天开的——刺鲀身体扁平，平时喜欢趴在海底。当它受到攻击时，会突然膨胀成一个球，身上的长刺如矛一般挺立，瞪着愤怒的大眼，像个大刺猬，吓得胆小的却步，胆大的无从下口，因而渔民又叫它气鼓鱼，说它爱生气。谁惹它，它就气成这样。渔排上的餐馆

◀ 火焰滨珊瑚（杨剑辉拍摄）

常拿它表演，招揽顾客——老板从网箱中将它捞出，请客人用筷子敲打，玩“变形金刚”的把戏，引得满座惊喜，哈哈大笑。

小杨就在海里见到过一条鲀鱼，形状奇异，色彩很诱人，黑蓝两色，梦幻一般。可刚想接近，它就隐匿到鹿角珊瑚中。小杨追了好长时间，才终于从下面仰拍到一张绝妙的相片——漆黑的底色上，灰蓝的斑，灰蓝的尾鳍，灰蓝的尾纹，格外精彩的是它腹部上布满了不规则圆形的斑块，游动起来，像满天的星斗。

彩带刺尾鱼、镰鱼、颊吻鼻鱼……个个花枝招展。

皇甫晖发现潟湖中的造礁珊瑚、软珊瑚、藻类、鱼类丰富多样，整个生态系统良好。仅造礁珊瑚就有

八九十种，以鹿角珊瑚科和蜂巢珊瑚科为优势种。

鹿角珊瑚是造礁珊瑚的标志性物种，种类最多，全是群体性的一大片，它们的珊瑚杯都很小。一般人认为，既然叫它鹿角珊瑚，就应该是鹿茸一般的枝状物。其实，鹿角珊瑚的形态也是多样的。生长在水流较缓的礁群斜坡上的叶蔷薇，像绿色的钟乳石，它的叶片像荷叶，参差有序，层层叠叠，十分壮观。紫色的繁锦蔷薇珊瑚，乍看就像一棵大紫白菜，喜欢待在浅水的礁台上。如淡黄色地毯一般铺在礁台或斜坡上的波形蔷薇珊瑚，却是扁平的块状。而难得一见的多星孔珊瑚像个紫色的绣球，小星犹如繁花，盛开在珊瑚礁中。

小杨游得快了点，差点撞上了前方的礁石。原来，在礁石的边缘，突然凌空伸展出一块如桌的珊瑚，闪着耀眼的银灰，其上犹如灌木丛。小杨认出，这就是灌丛鹿角珊瑚。

蜂巢珊瑚科是个大家族，遍布太平洋和印度洋。从外形上看，珊瑚体上

▼ 从左至右：叶状蔷薇珊瑚、圈纹蜂巢珊瑚、中华扁脑珊瑚（杨剑辉拍摄）

大多有像蜜蜂巢脾上的孔洞。

小杨看到一团浓淡不一的金黄色珊瑚，连忙招呼皇甫晖。两人不禁会心一笑，太像贮满蜜汁的巢脾了！这种圈纹蜂巢珊瑚虽然并不罕见，但色彩如此鲜艳的，还是难得一见。

最奇异的要属中华扁脑珊瑚，草绿色，像个球，直径一米左右，密布着脑状的纹路。小杨曾试图找出纹路的规律，但总也找不到起始和结束于何处。小小的珊瑚虫有意无意地游走，竟织成了迷宫，比童话中的水晶球还要神奇。

在各种珊瑚密布处，隐藏着一块带有淡赭色的形如石笋的珊瑚，上面布满圆圆的浅洞，让人想起天外来客——陨石上的气斑。

石芝珊瑚科的珊瑚虫最大，无论是单体型的还是群体型的，甚至肉眼可以看到。不知为什么，它的珊瑚虫要将自己的外骨骼制造成薄片，全部整齐排列在基座上。每片都锋利无比，犹如刀片。其形状更是匪夷所思，有的像开花的白蘑菇，有的俨如白玉盘，晶莹剔透。还有一种辐石芝珊瑚更加别出心裁，有上百个圆筒状的触手，若说它是千手观音，倒不如说它更像街上卖的长筒状塑料泡泡玩具。

关于这种盘状的石芝珊瑚，我们还有一段奇遇。2012 年，在从可可西里去阿尔金山的途中，小孙子天初无意在戈壁滩上见到一块风凌石。他当然不知风凌石是戈壁滩上的特产，近几年被藏石玩家炒得火热。天初只觉得是块奇特的美石，使劲一拔，美石出土了，他手上却割开了一个血口。从格尔木请来的司机也没能认出这是何种风凌石。是玉还是玛瑙？大家争论不休。待我将它身上的沙土剔尽，李老师惊呼："是珊瑚，石芝珊瑚。"

天初高兴得跳起来："你们从西沙群岛海滩上捡到的就是它，像个盘子。"

司机师傅很不解："大海的东西怎么跑到大戈壁了？"

"我知道了，几千万年前，青藏高原是海洋。它就是证据！太有意义了！"天初有理由享受发现的快乐。

▼ 辐石芝珊瑚（杨剑辉拍摄）

剑鱼疯狂

面对千奇百怪、气象万千的造礁珊瑚，皇甫晖时时想起邹教授说的“三只螃蟹”的故事。从事分类学研究，得有特殊的定力，要能忍耐寂寞，另外还要明白，外形只是生物的外在形态，更重要的是本质的同异、细微的变化，否则就很容易差之毫厘而谬以千里。就拿珊瑚来说，自然界现存两千多种，我国仅造礁珊瑚就不下百来种，仅记住它们的名字就够复杂的，更何况还要记住它们的同异，没有坚韧的毅力是很难有成就的。皇甫晖把区别细微的变化当作了智力游戏，得到了无穷的乐趣，为实现自己的理想奠定了坚实的基础。

小杨的兴趣在另一方面，他能将鲜活生动的珊瑚礁生态系统在实验室中再现，或者说是他能在实验室中再造一个活的珊瑚礁生态系统以供研究。他还有一种特殊的智慧，就是从皇甫晖的眼神和表情中知道要把哪些珊瑚和栖息其中的鱼、虾、螺、贝等在实验室的玻璃柜中再现、养活。因而两人在工作中总能配合默契，心灵相通。这是其他研究员难以做到的。小杨是皇甫晖在水族馆的同事，也是皇甫晖竭力要将他招来加入科研团队的。

皇甫晖和很多队员异口同声称赞小杨，我们也曾特意去研究所和实验室参观过他的作品。毫不夸张地说，他制作的每个水族玻璃柜都是艺术品，特别是摆放在门口的珊瑚礁生态系统的水族玻璃柜，不仅有数种色彩各异的造礁珊瑚、软珊瑚，而且有各类鱼、虾、贝、螺，还有海藻翩翩拂动。真是美轮美奂！有一只海菊蛤上竟附生了四五种螺、贝，俨然是一个生物多样性的微型博物馆。真是在方寸之间涵盖了一片大海！它成了一张耀眼的名片！

皇甫晖曾多次提议他读个在职硕士或者申报职称，可都被他婉言谢绝了。催急了，问急了，他才不得不说："我就是喜爱它们，我已经得到了很多快乐和享受，这还不够吗？"

热带鱼的饲养也是市场上的热门，很多人不仅靠其养家糊口，而且还发家致富了，因而有人曾劝小杨养殖热带鱼。可他说："要那么多钱干吗？能比我跟随大家去大海大洋考察更快乐吗？能比我碰到不明白的问题，随时可以向同事问清楚更高兴吗？"

小杨和我讲渚碧礁考察的故事时，我在敬佩之余，冒出一句："你是草根科学家？"

他的脸红了。

1997 年和 1998 年是全球珊瑚的灾难年，由于厄尔尼诺现象，水温变高，与珊瑚共生的虫黄藻受不了，不是出逃就是死亡，造成了热白化，大批珊瑚失去了艳丽的色彩，成了灰白的毫无生命光彩的礁石。

潟湖内外的环境不一样，因此他们常将潟湖内外进行交叉考察，以便全面了解那里热白化的情况。

▲ 赭色海底柏（杨剑辉拍摄）

► 竹节珊瑚（西沙海洋博物馆供稿）

所以，在考察完渚碧礁上的潟湖后，他们决定去礁盘外的深海看看。

那天，海况很好，风和日丽。礁盘外是斜坡。他们挑选了一个坡度小而长的斜坡下潜，迎头就碰到一条隆头鱼。这家伙个头大，游速快，好像还近视，直至相隔一两米，才发现小杨不是它要寻觅的食物，于是擦着他游走了。小杨吓得不轻，给七八斤的大鱼撞上，不翻跟头才怪哩！这家伙肯定将他的入水声当成了鱼跳。

海底堆满了破碎的珊瑚，与前两次看到的基本相似。南海多台风，这显然是台风卷起的巨浪造成的。但同时，海底的活珊瑚也很繁盛。斜坡构成了不同的生境，珊瑚的种类也就比潟湖丰富。

小杨看到皇甫晖正在注视一株珊瑚，那是一株圆盘石芝软珊瑚。它犹如橙色的盆景，泛着荧光，像魔术师用锦缎折叠起的参差不一的山峦。峦顶平缓圆润，下有峡谷，尤显得柔和、随意，给人温暖而亲切的感觉。

石芝软珊瑚既有石芝珊瑚那种峻峭的美，又因为是软珊瑚，没有骨骼，所以洋溢着温情脉脉的柔美。

小杨被感动得围着这株软珊瑚转了几圈，思谋着怎么将它移植到实验室里。当然，这只是想想而已。这么大的珊瑚是带不走的，而且他也不忍心去取下一块。他要去找株小的，让它为科学做出贡献。

突然，一抹红色的光晕格外撩眼。是红珊瑚吗？小杨强压着呼呼跳动的心，加速朝前游去，皇甫晖见状，立即警示他放慢速度——因为过于激动会增加耗氧量，氧气会很快消耗完。

它当然是红色的珊瑚，红得深沉。它的根从礁岩上挺起，繁生出茂盛的枝叶，但树冠却是平面的，像一把大扇，上面布满了疏密有致的缝隙。它的枝叶像极了扁柏树的枝叶。

它不是价值连城的红珊瑚，而是海底柏珊瑚。

小杨在心里一连说了几声："惭愧！惭愧！……"

皇甫晖朝他会心一笑。

小杨以前没见过海底柏，以为它是平躺在海中，犹如平铺伏地的地柏，能吸收更多的阳光。谁知它扇面状的树冠却像陆地上的树冠，是直立的。这是为什么？

皇甫晖问他："它怎么才能得到食物？"

小杨恍然大悟，对啊，它是被动地掠食浮游生物，就像"守株待兔"。它这样直立着，犹如张开了大网，只要浮游生物随海流而来，就有源源不断的收获。

红色的海底柏珊瑚有着较高的审美价值，因而遭到滥采，在近岸珊瑚礁中，已经很难见到这样大棵的了。

皇甫晖向小杨招手。小杨围着鹿羊星珊瑚、枇杷珊瑚转了几圈，才游到她那边。斜坡上繁茂的珊瑚礁给他们的行动带来了极大的困难，这些礁石都比较锋利，若擦伤了身体，就得立即上浮，打道回府，处理伤口。

随着皇甫晖的指示，小杨看到了一片如竹的珊瑚，它们呈淡金色，亭亭玉立，黑色的竹节生动而有趣，拟态得以假乱真。啊！这就是宝石级的竹节珊瑚！要知道它经济价值高，近海已经极其罕见了。面积不小啊！真令人兴奋、喜悦！他们还从未见过如此美丽、生动、鲜活的竹节珊瑚哩！

正当他们考察它的生境时，突然冲来了一群鲭鱼，密密麻麻的，像蝗虫一般遮天盖日。别看它们个头不大，却不怕人，对两人毫无顾忌。小杨已经被几条鲭鱼撞了。

这种鲭鱼在市场上很容易见到，体态粗壮偏扁，呈纺锤形，喜群居，游速不慢。两人本以为它们只是一群过客，谁知后续部队绵绵不绝。

他们欣赏起难得一见的大鱼群。其实，不等鱼群过去，也难以展开工作。

忽然，皇甫晖看到一个黑影向她冲来，她急忙躲闪，它已如一道蓝光闪过，挺出的长嘴惊得她汗毛竖起。她感到了它的凶猛。它不是大鲸、大鲨，但在某方面，却比它们更加可怕。她立即上浮，给小杨发出警报。

是的，它的嘴很长。两三米的身长，嘴就占到七八十厘米。那嘴其实是它扁平的上颌，中间厚，两边薄，锋利如剑。她知道这家伙就是大名鼎鼎的剑鱼！它游速极快，每小时可达 100 多千米。据说还是个喜怒无常的家伙，平时很温驯，但若发起火来，管你是军舰还是木船，它都要挺身刺你一剑。二战中，同盟国一艘运输船在大西洋航行，船壳突然传来砰的一声，谁都以为是遭到德国潜艇的鱼雷攻击——那时，同盟国在大西洋的运输线经常遭到德国纳粹潜艇的袭击。但这颗鱼雷没有爆炸。上甲板一看，原来是条三四米长的剑鱼，乐得大家七手八脚将它捉住。至今，大英博物馆还陈列着一件奇异的展品——34 厘米厚的木板上，嵌进了一根长 30 厘米的剑鱼的“长剑”。那是从一艘遭到剑鱼攻击的捕鲸船上取下的。

待皇甫晖浮出海面，心里又是一惊——他们乘坐的小船已在几十米开外——按理说，不该发生这样的低级错误，他们从来只在离小船一二十米的范围内活动。是海底柏、软珊瑚、竹节珊瑚将他们引诱得游远了。

自责还有意义吗？两人只有快速地向小船游去。

还是迟了！

鲭鱼群赶了上来。

四五只剑鱼昂着头，挺着长剑，势如闪电，快速形成了包围圈。三角帆的背鳍似乎都在作响。流线型的躯体，钢蓝的肤色，扁平开叉的尾巴，像是具有无限的动力。

它们在包围鱼群。

皇甫晖看到小杨的惊恐，她心里又何尝不在紧绷。稍一冷静，她像是想起什么，立即要小杨下潜。待潜入深水，她正要庆幸可以从水下突出包围圈时，突然感到一阵强烈的声波袭来，震得耳膜发胀。本来水压就大，现在更是雪上加霜。

她连忙上浮。但从水底上浮时，速度要慢，每十来米时要有个停歇，否则很容易得潜水病，轻者也要口鼻出血。她只好用双手护住耳朵。

再次出水时，仍在剑鱼的包围圈中。只见剑鱼们在飞快地游动，不时跃起，再重重地落下，犹如炸弹炸开，砰砰声此起彼伏。一时水花四溅，波浪翻涌。

玩的什么把戏？把大海当成竞技场了？

只能是一种解释——在赶鱼，就像渔民用敲竿在船帮上敲打。

虽然这赶鱼的场面难得一见，但那长剑实在是寒光逼人，她当然不愿被刺上一剑，心惊胆战中，匆匆对小杨说了句：“它是上层洄游鱼。”

小杨立即反应过来，潜入深水才能突破包围圈。

水中的鱼也像鸟儿一样，猛禽占据着高空，小型鸟多在树冠，还有一些喜欢在地面觅食——它们组成了一个立体的生存空间。

皇甫晖正要下潜，可转而又像被魔法镇住，待在那里不动了。

只见鱼群有了变化。冥冥中鬼使神差，它们结成了圆阵，无数鱼围着一个轴心游动、旋转，速度愈来愈快——变成一个快速旋转的球，就像蜂王带领着上万只蜜蜂，令人眼花缭乱！

小杨在水下没见到她，又浮了上来，催她赶快下潜。眼看一条剑鱼正向他们冲来，皇甫晖才潜下去。当她从水波中感到剑鱼已离去，又浮了上来，对跟上来的小杨使了个顽皮的神色——难得的机遇！是的，在大洋考察中，很多机遇是可遇而不可求的。谁能命令一群剑鱼来狩猎呢？

剑鱼突然游到鱼阵中央，飞速跃起，跳到海面上，再一低头，砰的一声炸开。

鱼阵瞬间变化，像是一股旋风，在海中蜿蜒，希冀突出重围。

剑鱼还在腾起，跃上天空，再重重砸下。

鱼阵却突然向他们袭来，如魔阵，把他俩包裹在其中。头罩上是鱼，身旁是鱼，胆大的还想往潜水服里钻。他们眼前一片模糊，幸好都在水族馆待过，才不至于慌乱。

它们是想借助万物之灵的“人”来吓退强敌？山野里的弱小动物常有这样的灵性。梅花鹿非常机警，若想一睹它的芳容，就算老猎人也要挖空心思。但母鹿产仔时，却总要寻觅居民点隐藏自己，借助人的气场来躲避狼、狐狸的侵袭。

可是皇甫晖和小杨并不能给鱼群撑起保护伞。若剑鱼冲进来，难保她俩不会像串羊肉一样被长剑穿起，急得小杨使劲拉她一把，下潜……

剑鱼狂轰滥炸的效果显现了，鱼群旋转的速度慢了下来，阵形松开了。很多鱼像得了晕眩症，迷迷糊糊，歪歪趔趔。

剑鱼们冲进鱼群，瞪着炯炯有神的大眼，挺着利剑，张开大口，吞食着神魂颠倒的鲭鱼。对那些尚在快速游动的，剑鱼只一摆尾，利剑便刺了过去，待剑上串了四五条，才一口吞下。这副吃相真令人毛骨悚然！

鲭鱼的血腥味终于引来了鲨鱼。鲨鱼当然想捡便宜，赶现成的盛宴——再强大的动物也不想浪费能量。剑鱼一见来了不速之客，立刻疾驰过去。鲨鱼是近视眼，直到对方只离它四五米，才看到那柄长剑，慌忙转身。

鱼类行为学是海洋生物学家尤感兴趣的课题。皇甫晖原本还想等待剑鱼的下个节目，但鲨鱼的到来警示了她。四五条剑鱼吞不完这么大的鱼群，等剑鱼吃得心满意足，鲨鱼肯定还要来的。于是她决定尽快离开这个是非之地。

战士小张驾着小艇来了。部队的瞭望台上肯定看到他们有危险，于是前来救援。

▼ 剑鱼（选自视觉中国网）

渚碧礁的考察结束了。皇甫晖在考察笔记上写下了几个大字：自然恢复能力很强！

她写下这句话后，连自己也有些吃惊。因为传统理论认为，当珊瑚因气候变化而发生热白化或冷白化之后，是不可能或很难恢复的，而她的结论显然是对传统理论的挑战，起码是一种质疑。其实，这种观念是在海洋考察中逐渐形成的。即使只反映了某一地区的状况，那也是很有意义的。

渚碧礁给她留下了深刻的印象。可以看到，礁上的潟湖是个特殊的生境。1997 年至 1998 年的厄尔尼诺现象引起的热白化对潟湖有影响，但影响不大。从目前的考察状况看，大多数珊瑚已得到了恢复。而潟湖外的情况与潟湖内基本一致，不同的是外海的珊瑚多了台风的摧残。台风年年有，破坏性较大，但受台风破坏的珊瑚恢复也较好……当然，这里有特殊的因素——守礁的战士。他们在守卫祖国海疆的同时，也在守卫海洋生态。换句话说，把生态融入海疆。因而，虽然这里常有渔民来，却很少有人为的破坏，更不可能发生炸礁炸鱼的恶性事件。

这片海域目前还存在着那次厄尔尼诺大灾难留下的痕迹，但那次灾难对这片海域的影响有多大缺少对比的资料，然而恢复的景象却是生动地展现在他们面前。

只能承认一个铁的事实：自然本身蕴藏着巨大的修复能力！这就构成了她提出的"封海育珊瑚"的理想和现实基础。

当然，所谓热白化，无外乎是海水温度升高，引起珊瑚虫及与其共生的虫黄藻全部死亡；或者是珊瑚虫死亡，虫黄藻只得离去；或者是虫黄藻出走，珊瑚虫只能苟延残喘，直至死亡。

怎样才能吸引虫黄藻重新回到珊瑚里呢？

还需要解开这个谜。

皇甫晖的思路逐渐清晰。

寻找黑宝石

最近几天，皇甫晖带领考察队在西沙群岛的金银岛、珊瑚岛一带考察。

这天，适逢大潮。退潮后，海面上露出了一个小沙洲。这里有不少沙洲都隐在水下，待大潮退后，才会忽隐忽现。几个人赶紧抓住这难得的机会，乘小船涉水登上沙洲。

沙洲的面积不大，沙滩上白色的珊瑚沙和略带彩色的贝壳沙在阳光下闪着奇异的光彩，十分别致，洋溢着自然的荒凉美。

踏上沙洲，又是另一番景色。他们当然识得鼓起的小小沙包下面是海蛤的隐居之所。而公认的最生机勃勃的是沙蟹，长得比近岸沙滩上的大，行动也更迅速。别看它们是横行的将军，可一有风吹草动，你只能看到一个银灰色的光点在闪，接着便是沙起，瞬息已消失得无影无踪——钻进洞了。看得大家童心大发，开始了追逐的游戏，比赛谁先抓到它，谁抓得多。

沙蟹自有生存之道。皇甫晖在蟹洞边扒沙——扒浅了，洞还在下面；扒深了，沙往下塌，一切又得从头开始……扒着、扒着，她眼睛亮了——那是珊瑚的残骸，都不大。但凭着渊博的分类学知识，她基本能判别出种类，刚好和考察的相印证。

突然，一粒黑色的石子吸引了她的注意。它只有围棋子大，被风沙淘砺得十分光滑。她翻来覆去地辨认，又迎着阳光看，还是难以断定它到底是什么。她的神态把大伙儿都吸引来了。小笪看了一眼就传给后来的人，心想，不就是一粒石子嘛，还灰不溜秋的。

几人围拢后，都拿到手里看了一遍，还是没人吱声，因为它失却了太多的特点。终于，小袁试探着说："是珊瑚？"

尽管皇甫晖不置可否，却引来了大家的热烈讨论："黑宝石？真的？""黑珊瑚？"

黑珊瑚是世界上最古老的珊瑚之一，属于八放珊瑚，也就是说它的触手都是八或八的倍数，捕食浮游生物，营群性生活，群体生有中轴骨骼。其组织色彩鲜艳，但骨骼呈黑色。黑珊瑚能雕琢成各种精美的工艺品，民间又流传它的种种神奇，商业价值仅次于红珊瑚、金珊瑚。因其生长缓慢，每年大约只生长 3 毫米，非常稀有，所以一向被誉为"黑宝石"。

渔民特别钟情于黑珊瑚，这和他们在海上讨生活有关。

那还是我第一次乘船到西沙，从海口去文昌的途中，遇上一场小雨。李老师一直担心可能有大风大浪，因为来之前，朋友们向她灌输了很多晕船的可怕故事。正当我安慰她时，竟有个小伙子说："放心吧阿姨，我保证这两天风小，浪小，没雨。"

李老师回头，惊奇地望着他："你怎么保证？"

他拿起腰间的一节饰物，说："你看，它干爽爽的。要是有雨，它会回潮的。"

“是随身气象台？”李老师惊呆了。

他很得意：“要是不准，随你怎么骂我！”

我以为那东西是墨玉，再一看，黑黑的，却不成形，倒像是一节断了的树枝。正想问，他开口了：“是黑珊瑚。我阿爸传给我的。是他的阿爸传给他的宝贝。都说它不仅能预报天气，还能辟邪保平安。”

确实很神奇，后来的几天，真的都没下雨。那个小伙子就是渔民阿山，也是那次巧遇开启了我们的友谊。

所以，听说是黑珊瑚，大家的兴奋是可想而知的，但都眼巴巴地望着皇甫晖，盼她一锤定音，可等来的却

▲ 黑珊瑚（李珍英拍摄）

是返航的命令。除了小笪还懵懵懂懂的，其他人都在心里说了声："有门。"

我国珊瑚礁的分布有三大区域：第一区域是北起福建，南至广东、广西、海南近岸；第二区域是西沙群岛；第三区域是南沙群岛。

西沙群岛的珊瑚礁是什么状态呢?

这是皇甫晖率队第一次到西沙群岛考察，毫不夸张地说，每天都处于兴奋之中。这里的珊瑚品种丰富，覆盖率高，基本都在50%以上，有的区域能达到70%—80%。

尽管邹教授已经向她描述过当年在这里考察的见闻，但亲眼见到这些鲜活的生命，感觉又不一样。譬如过去有人认为，西沙群岛的珊瑚若与海南和南沙群岛相比，似乎带有过渡性，但经实际考察，她否定了这种见解。这不仅因为西沙已处于热带海域，更因为这里珊瑚品种丰富，生存状况已和南沙群岛有太多的相似。这也被她之后去南沙群岛的考察结果所验证。

根据已有的结果判断，1997年至1998年的厄尔尼诺现象，虽然造成全球珊瑚热白化灾难，但对这里影响不太大，或者是影响虽大，但经过多年自然修复，珊瑚礁生态系统又充满了生机。当然还需要查阅这几年的气象资料才能得出结论。但不管是哪种情况，都说明了自然力的巨大作用对皇甫晖形成"封海育珊瑚，植珊瑚造礁"的理想提供了坚实的基础。

回到大船上，大家都围在皇甫晖身边。她正在显微镜下看那粒黑石子。不久，她站了起来，大声宣布："是黑珊瑚！海浪打碎的黑珊瑚！"

这真是天大的惊喜呀！

热烈的掌声几乎要将舱顶掀开。发现是快乐的，科学的发现，快乐的含金量更高。

还没等大家高兴够，她却换了副神态："别高兴得太早了。虽然这片海域有黑珊瑚的存在，而且从掩埋它的沙的深度来看，被浪打上来的时间不长，但这片海域少说也有几十平方千米，且它虽只有小指头大，却也是生长了百年以上的珊瑚了，可是以前从未被发现……所以说，寻找它的难度可想而知。"

然而，这盆凉水并没有消解大家的兴奋，反而激起了探索的热情，更激起了从事科学研究的自豪。考察队的任务不就是探索未知的世界，揭开西沙的神秘面纱吗？不艰难，还要他们？更何况已经发现了这株"矿苗"！地质学家不就是要先找到"油苗""煤苗""铜苗"，再发现"油矿""煤矿""铜矿"吗？

皇甫晖调整了考察计划，在完成主要任务的同时，兼顾寻找黑珊瑚。她根据已有的黑珊瑚生态资料，重新选择了几个考察点。

通常从事野外考察的人都要建立营地。只不过海洋考察的营地里没有帐篷，只有船。小张乐滋滋地说："小笪，我们也都成了疍家人啦。"

晚饭后，是营地最热闹、最惬意的时候，大家交流着一天的发现和困惑。甲板上的矮桌就是队员们集聚的中心，一壶功夫茶散发着沁人的芳香，洗涤着大家一天的劳累。

正当大家说得兴起，船边传来了鱼跳声。一群精灵蹿出了海面，贴着海面飞行，有的尾巴还在水中搅动，像摇橹。

"飞鱼！"小张惊呼。

真的，海面满是飞鱼们跳出水面飞翔的身影，白花花一片。它们身躯两侧张开的翅膀真像大蜻蜓哩！

“谁在追它们？”小李也过来了。

飞鱼不遭到追捕，不会轻易起飞。虽然南海透明度高，但现在是晚上，看不清猎手面目。如果是海豚，肯定会弓背跃动，然而根本没有它们的身影。

“金枪鱼！”小李看到了，虽然在水下二三十厘米处，但身形和游速暴露了它们的身份。

“马鲛！”小笪也有了发现。

“怎么都来了？”小李说。

“看来是洄游的鱼群。这季节，它们该到这一带了。”小笪说。

珊瑚礁中的鱼类原本就是考察内容之一，没想到它们倒自己送上门来了。

这一发现引来了大家的兴趣。从事海洋考察的人，吃海鲜是家常便饭，但时间一长，舌尖也产生了审美疲劳，这才发现青菜、萝卜才是真正的美味，飞鱼是最易捕获的，不用钩、不用网，只要在小船上亮起一盏灯，就能捡来一小筐，但金枪鱼、马鲛鱼就另当别论了，它们肉鲜美，身价高。特别是马鲛鱼，更是海南人所爱，是大年三十饭桌上必备的美食，高档礼品。

队员们纷纷跑去拿家伙——小袁钓鱼很讲究，备全了钓鱼爱好者的装备，有漂亮的海竿、遮阳帽等；小李在农村长大，没那么多讲究，只要能钓到鱼就行；小笪拿了根鱼叉就下到小船上。只有小张是个看客。

小笪见皇甫晖根本没拿鱼竿，却找来一根钓线，用切成小丁的鱿鱼做饵，笑了：“你像我们疍家人。”

皇甫晖将钓钩投入海中，手握线板。这是西沙渔民最常用的方法，优点是简单、实用。这里珊瑚礁形成的礁盘多，阿山曾带我们去钓过。驾了小渔船，开到不远的礁盘上，锚了船，他就穿起最简单的潜水服，戴个头镜，下到齐腰深的礁盘上，推着浮箱，然后俯下上半身入水，向鱼投去饵料、鱼钩，就钓上一条小石斑鱼。神了，半天能钓二三十斤鱼。

不久，皇甫晖感到鱼咬钩了，连忙提线，却被一挣，线板差点脱手。没想到它这样迫不及待。一收一松几个来回，终于出水了——“石斑鱼，好大一条石斑鱼！总有两三斤重！”

这里多是小石斑鱼，三四两一条。这样大的石斑鱼，很难得。

小张乐得像个孩子。他不钓鱼，是完美的看客。不管谁钓到鱼，他都欢腾雀跃，帮着拿鱼，取饵，比钓鱼的人还高兴。整个钓鱼的过程，他得到的快乐最多。

要不是小张的大呼小叫，恐怕谁也不知道小李钓了条马鲛鱼，五六斤的家伙，他提竿就没松线，全靠内功将它弄了上来，沉得钓竿吱吱响。小张忙将鱼摘下，放到大筐中。它还不服气，蹦跶个不停。

他们都钓了好几条了，可小袁收线又甩钩，钩上总是空空如也。小张调侃：“你的海钓竿太贵了，知道你是行家里手，哪条鱼还敢来？”

“这你就不懂了。不知道十网打鱼九网空，只要一网就成功吧！看准了，上来！”

竿梢都弯了，出水的却是——朦胧中像一团刺。

小张看清后，不敢下手了，原来是个怪物啊！它满身长着尖利的长刺，不大的身子躲在刺丛中，长刺的颜色还花里胡哨的，红的，紫的。美说不上，丑也不至于。

小笪感到有异，从小船挪到大船，对不知所措的小李和小张说：“是狮子鱼，别动。它的刺有毒，挺凶猛的。

遇到猎物，先向后退，等到对方以为它害怕了，它却一侧身子，挺出刺，凶狠地朝对方扑去，百发百中。”

说完，小笪已抽出了潜水刀。

“别，别。我想起来了，它就是蓑鲉，难怪有些眼熟。带回去给小杨，布置水族箱，点缀珊瑚礁生态系统吧。”小袁正说着，小笪已割断了钓线。小张提着走了。

小张没走多远，皇甫晖就感到手上有股大力，还没提线，线却绷紧，紧得她神情一凛，连忙放线。钓线板差点被挣去。还算她反应快，忙将线绕到船边的栏杆上。谁知砰的一声，线断了。

这条鱼太大了，同时暴露了这种手钓的弱点，它不具备快速放线、收线的功能,也就失去了韧性,失去了与鱼周旋的余地。是什么鱼有如此惊人的速度?似乎应是金枪鱼。这挑起了她的兴致。如果说剑鱼是鱼类中的游速冠军，那么金枪鱼排位只在其后三四位。金枪鱼游速这么快，除了因为它身大力不亏，还因为它需要通过快速吞食大量海水来获取氧气，否则就会缺氧而死。

她重新换了重磅钓线，又采取了相应的措施，甩出了钓钩。

小李不吭不响，钓上了两条马鲛鱼，都有七八斤重。小张忙得不亦乐乎，心想，马鲛鱼怎么就只看上了他。

小袁的线盘飞速地转动，显然是条大鱼上钩了。眼看线要放完，他连忙收线，但怎么努力也摇不动手柄，海竿却像得了摆头风。小袁至少两次差点失手。等手柄能摇动了，却是轻飘飘的。那条大鱼肯定是在珊瑚礁中回旋，把钩住它的钓线缠绕到礁石上了。眼看一条大鱼上了钩后，又逃脱了，该是充满了懊丧，可小袁感受到的是另一种乐趣。这或许就是钓鱼的魅力吧——能从得而复失的挫折中吸取教训，凝练成经验。

小袁的得而复失没逃过皇甫晖的眼睛，这更坚定了她的推测。没一会儿，她左手已感到心动的来临，那鱼被钩住后，猛然撒野——游是游动了，可又游

▲ 触须蓑鲉（杨剑辉拍摄）

得不带劲，它的自尊在得到片刻满足后，又被钓线牵制住了，正要暴跳如雷时，又可以任意游动——它胜利了，然而这胜利的喜悦只有片刻，它又使不上劲了……

“妙啊！你怎么会想到这样的绝招？”小张乐得跳了起来。

原来她一改常态，不是将线板拿在手里，而是把线板换成一个长圆木棍，卡在栏杆中间，钓线又在栏杆上绕了一圈。放线时，那线棍转动一圈，钓线就在栏杆上绕上一道，总是很有节制，这就形成了缓冲，让大鱼无法用猛力挣断鱼线。

钓线突然松了下来。她连忙双手收线，将回头游的鱼再控制到手中。

她忽松，忽紧，与那鱼打起了心理战、消耗战。只要鱼速一慢，她就提线。

小张明白了，她使的计是一会儿满足鱼的自尊，一会儿又不断激起它的愤怒。最后，那鱼会在无可奈何中耗尽精力，失去理智。

“妙啊！你装了个简单的缓冲器，借力打力！”小张无比佩服她的机智。但他哪里知道，这办法就是为钓金枪鱼量身定制的。

“金枪鱼！蓝金枪！”小笪在小船上惊呼。蓝金枪鱼可是金枪鱼中的上品。话音未落，小笪就要开动小船。

“别去，就在船上等。”皇甫晖说。

小笪顿时醒悟，钓者享受的就是与鱼斗智斗勇的过程。

蓝金枪的锐气和体能就在这钓线的忽放忽收中逐渐损耗了，更何况皇甫晖还故意激怒它。它在怒火中烧的同时，燃尽了理智。

它终于被皇甫晖拉近了。三十来斤的大鱼，她当然没办法凭一根钓线提上来。

小笪不傻，瞅准机会，猛地刺出了鱼叉。蓝金枪一甩尾，小笪被打落到海里。

船上一片惊呼，大家又喜又忧。

还未等大家醒过神来，小袁这边也忙开了。他大概也是第一次碰到这样大的鱼。经过 20 多分钟的搏斗，鱼终于出水了。也是一条蓝金枪！

这一晚，人人丰收，个个尽兴，都对在这一带找到黑珊瑚增添了信心。

大家都在期盼早日见到黑珊瑚。

他们在 15 号海域的礁盘上考察。这个礁盘隐在水下一米多处。与大海的蔚蓝不同，礁盘水色碧绿如画，犹如一个绿茵茵的翡翠池。珊瑚生得很繁盛，尤其是枝状珊瑚。大家走得很谨慎。小张突然发现，有片海水变得格外深沉，蓝得发靛，便立即向队员们发出信号，召来小船。

靠前一些，才看出是个大的礁洞，直径总有 10 多米。在陆地上，看到山洞不足为奇，可在海洋，礁洞就是罕见的地质现象了。更何况小笪听人说过，礁洞是通向龙宫的通道，龙宫中满是无以名状的稀世珍宝和各种各样的奇异生物。

小袁和小李都想潜下去看个究竟，皇甫晖也想。但从海水的颜色上看，应该不浅，何况又没有必要的设备，太冒险了。而且这样的地质条件，很难生长黑珊瑚。所以，皇甫晖还是决定将这发现通报给所里研究海洋地质的同事。

7 号海域的滨珊瑚品种较多，从形态和颜色上看，有的像河滩上躺着的一堆泛着灰紫色的鹅卵石，有的像一丛盛开的淡紫色的丁香花。

小李正在珊瑚礁中游弋，迎面被一座大崖挡住了去路——黑褐色的山体上有棱有角，说是一座小山包一点也不过分，至少有四五米高。他沿着其基部游了一圈，估摸它的直径在三四米。是珊瑚还是礁石？

他又靠近些，用手摸了摸，还是难以判断。他强抑着怦怦跳动的心，去找皇甫晖。

看到这样大的礁体，皇甫晖连连向小李竖起大拇指。看了一会儿，便招呼小李浮出水面，同时大声宣布：“滨珊瑚！上部是活体！”

发现这样硕大的滨珊瑚，很难得。皇甫晖迅速决定，采集标本。

小笪回到大船上取来工具。小袁、小李和小笪按照皇甫晖的要求，在水下用钢锯采标本。

▲ 莴苣梳状珊瑚（杨剑辉拍摄）

谁知天有不测风云，大风卷起了狂浪。船长几次催促队员们赶快上船——因为风浪大，不仅船停不稳，也会增加水下工作的难度，另外，还很容易扩大人与船的距离。但机会难得，皇甫晖硬是完成了采集标本的工作。

但风浪更大了！船长只好将船开往离这最近的陆地——珊瑚岛避避风浪。

到了珊瑚岛，队员们受到驻岛官兵的热烈欢迎。盛情难却，皇甫晖给战士们举办了两场讲座，讲珊瑚礁生态系统的意义，讲保护的必要性和方法。第一节课就引起了战士们的极大兴趣，提了不少的问题。因为珊瑚是战士们每天都能见到的，但不知道其中的科学、对海洋的意义。

皇甫晖灵机一动，何不来次调查研究，问问谁见过黑珊瑚。

还真有门！战士小安说他捡到过一截黑色的石头，不过，已经给一位来岛避风的渔民要去了。

皇甫晖听得心花怒放，他的话可信，更重要的是被渔民要去了，渔民当然识货。

于是，她将发现黑珊瑚的两处作了比较，推测出在将要去考察的 9 号海域发现黑珊瑚的可能性最大。

大风过后，考察队直奔 9 号海域。小笪第一眼见到金黄色的金裸柳珊瑚时，有些喜出望外。难道金珊瑚就是它？比红珊瑚还要值钱呢！可又不相信这样的稀世之宝竟被他发现。正想去扳下一枝……

小李是厚道人，看小笪那动作，便将他的心思猜到了八九分，顺手拉他浮出了海面。

“这是柳珊瑚的一种。金珊瑚最浅也要生活在 300 多米至 600 多米的深海，深水金珊瑚更是生活在 900 米以下的深海。”小李说。

是的，这个海域的柳珊瑚很繁盛，而且形成了群落。柳珊瑚像柳枝，在主干上派生出众多的枝条。通常由枝条较少的小月柳珊瑚与枝繁叶茂的金裸柳珊瑚结伴丛生。柳珊瑚也被称为海扇、海鞭。在放大镜下，根据捕食浮游生物的触手都是向一个方向漂动，可以判断出海流的方向。

这个海域的考察结束了，队员们都回到大船上。船长正要起航，皇甫晖却下达了重要任务："抓紧时间给气瓶充气，还要再潜一次水。"

队员们不知出了什么事，疑问不断，可她就是不吱一声。

其实，皇甫晖自己也很难说清，柳珊瑚的形象总是在脑海中挥之不去，而它也有硬的中轴，这让她联想到黑珊瑚。不错，黑珊瑚确有中轴，但若要说柳珊瑚生活的海域可能有黑珊瑚，未免太牵强了……不管怎样，皇甫晖仍决定再去探察一番。好在今天还有时间。

她将人员分成了两组："任务是寻找黑珊瑚。重点区域是水深 20 米至 40 米的珊瑚礁隐蔽处、一般普查难以看到的地方和海底崖壁的基部。"

队员们通常是轻潜，轻潜的装备比深潜简单得多。理论上，轻潜可以到达水下 50 米，但实际队员们一般都在稍浅的海域活动。一是因为珊瑚多生长在这一区域，二是他们毕竟不是专业潜水员，安全第一。

小李和小笪找了很长时间，在快要结束时，竟发现一块大珊瑚礁有些异样，就从崖下钻了过去，又拐了两个弯，突然发现崖下有株黑色的珊瑚，有八九十厘米高。

小李定了定神，生怕是自己的幻觉。他缓缓地游近了。啊！确实是黑色的，主干上分出了八九根枝条，树冠与陆地上的相似，而不是柳珊瑚那种扇面的形状。他贴近后仔细观察，发现枝干上布满了刺包。

"啊，宝贝，原来你藏在这里！"若不是吸气管含在嘴里，他差点就喊出了声。是的，那枝干上的刺包犹如毛头小子脸上的青春痘，这一特征，证实了它确实是黑珊瑚。

他要小笪去向皇甫晖报告，小笪却像被定海神针钉住了，只顾盯着那株黑珊瑚看，那样子像是要将它一口吞下。

小李正想催他，却见一道光晕射来，从另一方向游来了皇甫晖，两组汇合了。大家个个都竖起了大拇指，庆祝胜利！

这一发现带来了意想不到的收获——黑珊瑚在这里形成了大小不等的群落，多则有十几株，少则也有两三株。它们的挂头都隐隐约约地闪着墨绿色荧光，说明正生机盎然哩！更可喜的是，根据测量结果，最大的一株竟达到了 1.23 米，那些小株的也有五六厘米，就像森林中有不同年龄的树，展现了永续发展的态势。将所有群落的面积加起来，最小有一个篮球场那么大。

世界上曾发现一株黑珊瑚的化石，经放射性检测，年龄在四千多岁。皇甫晖目测，这里最大一株的年龄也应在千年之上。

她看大家做完了手头的项目，于是招呼大家上浮。

大家上了小船，却发现小笪没有影儿了。小李不是粗心人，可怎么也想不起他是何时离开自己视线的，这显然有悖于潜水的规矩。既然小笪和自己是一个组的，他有责任去找他。

可是皇甫晖用眼神制止了他，又提醒他气瓶中的余气不够了。

有人小声嘀咕，别是见财起意吧！这可是一笔巨大的财富，难免不使人猜测他失踪的原因。可皇甫晖说：“别胡乱猜，要相信他的良知。”

没多久，小笪终于出水了，一到小船上，就忙说：“我又返回去补拍了几个镜头，这次发现太重要了！”

“这种敬业精神很难得！”皇甫晖说。

小笪微笑，但笑得很怪。

美人鱼

皇甫晖的“植珊瑚造礁”计划包括两个方面：一是播种——在适宜珊瑚生长的海域，或者在珊瑚已大片死亡的海域投放珊瑚虫，使其生长繁衍；二是移栽——在已遭到部分破坏的珊瑚礁海域，将活的珊瑚移栽过去，使其恢复、壮大，充分发挥自然力的作用，犹如在菜地里补缺。其实，无论是哪种办法，关键是珊瑚虫的繁殖，这就像植树造林需要种子和幼苗。

珊瑚虫的繁殖方式主要有几种：一是雌雄异体的有性繁殖；二是自我克隆的无性繁殖，这种繁殖方式的缺点是时间长了，会引起物种的退化，有些像近亲繁殖；三是产出的卵已经受精了，容易成活，如鹿角珊瑚科的某些品种，也可以称为胎生的。

珊瑚虫的产卵时间因季节和地理纬度的不同而有差异。就像油菜在南方三四月就开花了，而在大西北的青海则要到七八月才怒放。西沙的珊瑚虫产卵要早于海南。

皇甫晖率领科研团队，从西沙群岛开始了他们的造礁计划。

采种，当然要找好的种源。选择种源地是首要任务。经过这么多年的考察，哪个海域的珊瑚礁生态系统较好，他们已经做到了心中有数。

这天，皇甫晖带着小张和小笪在5号海域考察。潜入大海后，三人畅快地游着，享受潜水的快乐。海水如蓝色的丝绸，柔滑、透明。那种无拘无束、自由自在的惬意，让他们犹感身心舒泰。快到达目的地时，眼前忽然一片灿烂，一群大鱼正从珊瑚礁中向他们游来，像一股柠檬黄的涌流。它们的鳞片流光溢彩，头上还亮着一点艳红，就像印度姑娘的吉祥痣，美丽极了。可再看那个头，有两三斤重哩。

小张一时慌了手脚，连忙躲闪。小笪已经往下潜去。皇甫晖却不动声色，只是停住。柠檬鱼纷纷从她身旁游过。奇了！眼看鱼群已经过去，却又回过头来，全数围着皇甫晖游了起来——有的打着圈圈，有的轻轻地用嘴碰触她的潜水镜、潜水服。她也怡然自得地在它们身上抚摸，乐得手舞足蹈。

皇甫晖轻松地突出了鱼群，小张正庆幸她终于摆脱出来，谁知那些鱼儿竟跟着她游了起来。她就像美人鱼，率领着鱼群在大海中游戏——一会儿在彩色的珊瑚丛中左回右旋，一会儿蜿蜒翻滚，如海龙腾挪，一会儿又加快速度，如冲锋陷阵，看得小张目瞪口呆，心旌摇荡。难道是鱼的欢腾激得她童心大发？难道她并不是想突出重围？小张不再想下去了，而是快速地游到鱼群中。谁知，小笪也跟来了。

小张引诱着鱼群，想领着一部分跟他去游戏，可那些鱼儿置若罔闻，不理不睬，只顾跟皇甫晖嬉戏。小张对它们的目中无人愤愤不平，一头冲进鱼群，谁知几条鱼骤然摇头摆尾去拍打他，小张只得落荒而逃。小笪的遭遇也不比他好。

小张突然想起，皇甫晖曾在水族馆当过顾问。刚刚她与鱼群相遇时，似乎做了个小动作。是什么接通了她与鱼之间的信息通道？难道鱼也有语言？神了！

大约是尽兴了，皇甫晖做了个莫名其妙的动作后，鱼群便恋恋不舍地游走了。皇甫晖停在珊瑚旁，等小张他们靠近后，给两人指定了工作范围。

这片珊瑚长势较好，团状的、块状的在底层，枝状的、杯状的高高耸起，形成了不同的群落。杯口都闪着荧荧的生命之光，显示着它们体内共生的虫黄藻正在吸收阳光，制造营养。

红色撩眼，皇甫晖游了过去，只见一丛珊瑚粉嫩粉嫩，色彩柔和，犹如桃花，很美。她招来了小笪，要他摄影。

小笪一见，异常兴奋，心想：苦心寻觅的红珊瑚原来就藏在这里，还不止一块哩！体积这样大！红珊瑚可是以克计价的啊！他伸手就想去拾一块。

皇甫晖出手比他更快，抓住他的手猛然一拽，小笪差点撞到珊瑚礁上。

等小笪稍定，见皇甫晖虽没有怒气冲天，但眼神严厉，这才想起队里有规定，水下考察时，不是特殊情况，严禁用手触摸活体珊瑚。刚才自己鬼迷心窍，差点坏了大事。

浮出水面，皇甫晖淡淡地说："这是棘穗软珊瑚，不是红珊瑚。很美是吧？爱美之心，人皆有之。难得有这样一个群落，体积又大，你肯定是头次见到。"

听得小笪心里像打翻了五味瓶，检讨不是，辩白更糟。后悔莫及的他只得一声不吭，小心翼翼地干起了拍摄。

小张发现，有一处地方黑色海绵较多。皇甫晖也看到好几处珊瑚礁都是漆黑一片，像被贴了膏药。

海绵曾一度被误认为是植物，其实它是低等多细胞动物。它没有神经系统、消化系统、繁殖系统；没有组织，没有器官，只是一团松软多孔的动物。它不是把细胞集中在一起捕食，而是各自为阵，从水流中获取食物和氧气。它们的形状各式各样，色彩更是各不相同，红、黄、绛紫的都有。

这里的黑海绵像地毯，面积很大。皇甫晖撕下一块，发现下面的珊瑚已经变了颜色，暗淡无光。接着又撕，情况依然。显然，它们遮住了珊瑚赖以生存的阳光，又粘住了珊瑚虫捕食的触手，对珊瑚危害极大。两人赶紧开始清除这些海绵。

眼前这种情景让皇甫晖颇为震惊，虽然在多年的考察中，她也偶尔见到过黑海绵爬到珊瑚上，但从没有这样集中暴发过。这里的生态出了什么问题？难道是猎食海绵的生物少了，打破了这一带的生态平衡？比如玳瑁就以海绵为食，但如今，玳瑁的濒危已是不争的事实，这几天他们连一只都没见到。可肯定还有另外的原因。她反复、仔细地考察了这里的情况，也未找到黑海绵大量繁殖的端倪，只好留作以后研究。

显然，这里已不适宜作为采种地。

随后，他们又考察了几处，也都不理想。

那天小杨来电话，向皇甫晖请示几件事。她提到了最近的困惑。小杨说："你不是说岔路风景好吗？"

真是一语点破梦中人。她想：前几次可能犯了急于求成、直奔主题的错误。于是，她在脑海中又过了一遍考察过的海域，终于选中了一个地方——3号海域。

没想到这次“岔路风景”，最后却“言归正传”，对她将要实施的计划无论是从构想还是实际操作，都产生了重要影响。

这天，他们来到3号海域。皇甫晖布置了任务后，并没急于下海，而是在小船上观察海面。小笪有些不解，又不是来捕鱼的，即使是来捕鱼，她也很难从海面的浪花判别有无鱼群。

船长应皇甫晖的要求，驶到了指定的地点。

下海后，她只潜下两三米，就作水平游动。鱼的稠密度在增加。黄色的带有直纹的蓝黄梅鲷正在追逐一条小鱼，只见它一摆宽阔的鱼尾，就将小鱼咬到嘴中。九丝天竺鲷却像剑客，蓝黄的条纹更让其游动时显得果断。像一道白光闪过的是马夫鱼，鱼体好像会发光。

一条黄色的鱼从她面前游过，从外形看，好像是圆口海緋鲤。但圆口海緋鲤的身子是灰色的，直到背鳍末端才露出青色斑块。虽然这条鱼的下颏也有两条触须，但它身上明明是黄色的鳞片。怎么回事？她围着它游了好几圈，还是不能确定。回到研究所，她请来专门研究鱼分类的孔教授，放了小笪的录像，才确定是圆口海緋鲤，只是它是一条黄化的个体。就像老虎、狮子有白化的一样，鱼类有时也会“变脸”啊！

看到鱼雷般的金枪鱼，他们连忙回避。这种危险生物还是不碰为妙。他们就像孩提时听鬼故事一样，既想看到鲸鱼、鲨鱼，又怕真的遇上。游了几圈虽然都未碰上，但这里的上层鱼以凶猛的大型鱼为主，已经给了她深刻的印象。顶层猎食者较多，说明生态系统良好。

她转入了中水层。海洋生物和陆地生物相似，各自占领上、中、下三层生存空间。

在中层，有不少草食性生物。大型的藻类摆着优美的身姿，常常像阵风吹过草原，为大海添了份姿色。还有一些海藻上布满了颜色不一的卵状物，是各种动物们的产房。她看到在高耸的珊瑚礁和海藻中游弋的篮子鱼科的鱼；鹦嘴科的鱼好认，很远就能辨别；刺尾鲷科的鱼也不少。

到了底层，就是软体动物和低等动物的世界了。珊瑚礁下，爬着笋螺、水字螺、蝾螺、虎斑贝、鲍鱼、海参等。南海的海参比北方的要大得多。黑乳参有四五十厘米长，梅花参长得像黄瓜一样。

小张停在一株高大的蔷薇珊瑚边，看来有了发现。皇甫晖游了过去。那里有一群黑色的海胆，个个身上挺出长棘，旁边还有几只红色的。黑红相映，组成了另一种风韵。再看它们的形状，竟有两种——“正形”和“歪形”。“正形”，就是那些外形呈球形的；“歪形”，就是那些外形呈饼形或心形的。其实，小张还见过一种青色的、长得像存钱罐的海胆哩。

海胆是珊瑚礁中的常见动物，也是一种古老的生物，发现的化石已有四五千种，是研究生物学史方面最早被使用的模式生物。它的卵子和胚胎为早期研究发育生物学做出了重要贡献。有些海胆标准化石还是地质学家研究地层年代的重要依据，因为它们记载了进化的历程。

海胆有很多的骨骼板块，它们互相愈合，形成了一个坚固的壳。别看壳不大，可结构却挺有意思的，因为骨骼板块可以有各种组合。最奇异的是海胆口内复杂的

▼ 蛇目白尼参（杨剑辉拍摄）

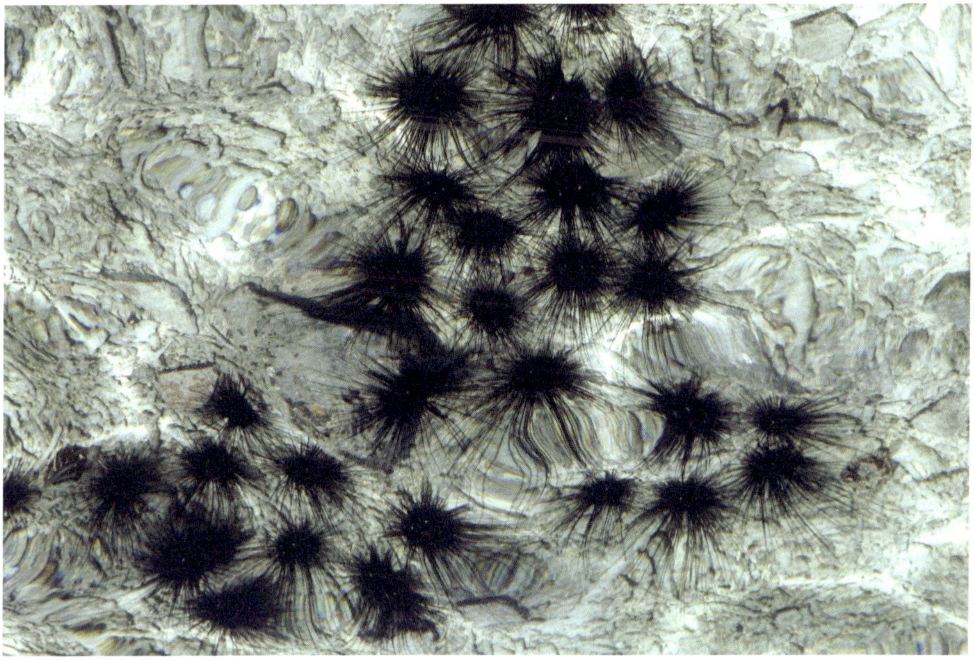

▲ 长着长棘的黑色海胆，在海里组成了美丽的图案（李珍英拍摄）

咀嚼器，被称为“亚里士多德神灯”。亚里士多德是古希腊伟大的数学家。可见其众多骨板组合、拼装隐藏着数学的奥妙，难怪科学家将其作为重要的研究对象，揭示生命的神奇和伟大。

除了海胆，很多海洋生物都很奇妙，比如鹦鹉螺。很多人都知道鹦鹉螺在仿生学上的意义——被解剖的鹦鹉螺像旋转的楼梯，一个个隔间由小到大顺势旋开，它决定了鹦鹉螺的沉浮，这正是开启潜艇构想的钥匙——世界上第一艘蓄电池潜艇和第一艘核潜艇都被命名为“鹦鹉螺号”。其实，天文学家还从鹦鹉螺的化石上看到

▼ 鹦鹉螺，世界四大名螺之首，螺旋形外壳，形似鹦鹉嘴，故名（李珍英拍摄）

了宇宙的演变。它在5.4亿年前就在地球上生存，是无脊椎动物尚未出现之前的海上巨无霸，身长可达10米。在它火焰纹的壳上，每天长出一纹，每月长出一格，很像树木的年轮。从已发现的化石来看，最早的是每月有18条纹，也就是说那时每月只有18天。随着时间的推移，鹦鹉螺化石上的纹条在逐渐增加，由20条、24条逐渐增加到今天的29条多一点，也就是现在农历每月的天数。每月天数的增加，说明月球离地球越来越远，这也佐证了宇宙正在膨胀。

……

突然，又有个东西吸引了小张的注意！原来是条扳机鲀，渔民们习惯叫它炮弹鱼。其实小张一直不明白为什么叫它炮弹鱼。是因为它的外形像个炮弹，还是说它在进攻时速度犹如炮弹出膛？此时，它正朝海胆靠近。显然，它不是来访亲拜友的，只有一种可能，是来赴宴的。他听说过炮弹鱼是海胆的大克星。那么，看看它会使出怎样的绝技来对付浑身长刺的海胆，不是很有意思吗？小张屏气凝神，瞪大了眼睛仔细瞧。

哈哈，炮弹鱼居然在黑海胆群中游弋，有时擦着长刺，有时竟从林立的长刺中穿过！嘿，它居然毫不在乎刺的尖锐，更不怕刺的毒液。要知道，有些海胆的刺上可有毒囊。小张想，可能是因为炮弹鱼的皮比较厚吧，他见过渔民们将炮弹鱼的皮包在钓钩上做饵哩！

炮弹鱼发起攻击

黑海胆当然感到了危险，已在移动，可速度慢得惊人。上苍只给了它满背的长刺作为吓唬敌人、保卫自己的武器，却没给它像兔子一样快速跑动的腿。平时，它每天移动的距离最多只有几十厘米。

看情景，炮弹鱼已经选中了目标——一个最大的黑海胆。这家伙是吓昏了还是迷路了，怎么还不快跑？竟然在那儿打转转！

小张还没看清炮弹鱼是怎么动作的，海底就泥沙四起，一片浑浊。突然，一个黑东西一下子跳了起来，然后平稳地落到浑浊的水底。啊！竟是那个黑海胆！

炮弹鱼还在那里。

黑海胆又跳了起来，这次跳得更高，落下时还算从容。海水更浑了……

炮弹鱼毫不气馁，它不急不躁，表现得很淡定。

黑海胆又跳了起来，可这次就没前两次那样镇定了，虽然竭力想稳住身子，但仍然在海水中歪歪趔趔，忽上忽下，忽东忽西，就像在“风洞”上玩冒险——虽然这些都是在瞬息发生的，但小张还是看清了——原来是炮弹鱼在朝黑海胆吹气。

突然，像是狂吹的风力骤停，黑海胆掉了下来，翻倒在海底，露出了柔软的肚皮。

炮弹鱼游了上去，先在它肚皮上咬了一口，品味一番，才开始优雅地进食。没一会儿，它又去选第二个目标，只留下一堆黑海胆的长棘、板块。几条小蝴蝶鱼连忙拥来收拾残羹剩饭。

小张惊叹炮弹鱼的“气功”——你用长剑武装，让我无法下嘴，我就把你掀翻在地；我虽然没手，可有嘴啊！成语不是说“不费吹灰之力”吗？你当然不是灰，我只要用力吹，还不能把你吹翻，露出你的命根子？

每当海底有沙腾起，黑海胆立即跳起——这就是炮弹鱼运“气功”的证明。

小笪和小张上浮后，直叫“大开眼界，大开眼界”，常说一物降一物，用在这里，太经典了。

海胆营养丰富，是一道美味，饭馆里常将鸡蛋打入其中，上笼蒸。正因为如此，它遭到了疯狂的捕杀。皇甫晖曾看过一则报道，说检查到一艘渔船上装的全是海胆。珊瑚礁中的每种生物都是这个生态系统中的一员，大家组成了共命运的生物圈。海胆的大量减少无可避免地使海藻疯长起来，从而与珊瑚抢夺生存空间。

他们又考察了这里的珊瑚，发现不仅数量丰富，而且品种较多。这片海域上、中、下层的鱼、海藻，螺、贝和珊瑚等构建了一个以珊瑚礁为主体的良好的生态系统。皇甫晖决定将这里作为采集珊瑚虫卵的种源基地。

珊瑚虫的繁殖行为各有各的特点，产卵的时间也不尽相同，当然不可能一个品种、一个品种采集。好在资料和实际考察结果显示，它们有时会集体产卵，但产卵的时间不固定，只有一个约数，似乎珊瑚虫要从浩瀚的宇宙中得到某种神秘的指令，然后才纷纷赶场，集体分娩。

要想观察到这一盛况，目前只有一个办法，就是在约数的时间里，每天加强观察。其实，这也是最稳妥的办法。

珊瑚虫的生活和很多海洋生物一样，与太阳和月亮有关。它是夜行性动物，因而皇甫晖他们需要夜潜。夜潜虽然诱人，但也充满危险。危险的事，皇甫晖总是责无旁贷地第一个上。

头次夜潜，她带了小张、小笪和小袁三人。大家都愿意跟着她，因为她经验多，主意也多，能够稳定军心。她向每个人交代清楚各自的任务，又强调了纪律，就下海了。

谁知第一次夜潜就出了事。

那时，皇甫晖正巧发现了一株容光焕发的蔷薇珊瑚。它枝头饱满，触手分了几层，都欢畅地舞动着，像紫色的节节花，透露出旺盛的生命力。她选了一截掰下，一看，横截面并没有色彩的变化，只隐约看到卵痕，说明卵子正在发育阶段。她连忙用专用的黏合剂将它再栽到珊瑚礁上。连掰了两株不同品种的珊瑚，其横截面都相似。她招呼同伴上浮，可一检查，却少了小笪。再看大船的灯光离得较远，无法要上面的人参与搜寻，只好连忙下潜去找人。可三个人却压根没寻到小笪。夜潜必须打开头灯，但他们在视野范围无法看到哪怕一丁点儿光晕。

小笪是专业潜水员，不应该犯离开同伴的低级错误。

▲ 炮弹鱼（选自汇图网）

尽管皇甫晖惊出了一身冷汗，但她还是从容地安慰大家，强调了纪律后再次下潜。这次，她多了个心眼，让小张留在海面观察。

他们又下潜了两次，还是没找到小笪。小袁和小张有些惊慌。难道被鲨鱼吞食了？可谁都没发现鲨鱼啊！鲨鱼体大，游速快，若是它来了，不会一点动静都没有。再说，若是小笪遭到袭击，不可能不防卫，他有潜水刀，格斗起来，仅是水的泼喇声都会响彻周围。尽管是轻潜，但背上的两个氧气瓶作为武器也够鲨鱼受的。“不可能。”皇甫晖用这句话安慰他俩。

她看了看手表，气瓶中的气应该不多了。于是，她做了个决定，不再下潜去找了，三个人都留在海面，每个人注视一个方向。

没一会儿，小袁就发现海面上有灯光，可距离最少有百米。他怕是发光的鱼或浮游生物，便揉了揉眼再看，确认是灯光后，才高兴地喊道 :“在那边！”

皇甫晖心里的一块石头总算落了地。可小笪怎么会漂到那么远的地方？她朝那边大喊过去 :“小笪——”

隐约中有了应答声。可声音怎么这么微弱？是受伤了？她刚落下的心又提了起来。小袁安慰道 :“虽然海面平阔，但正处逆风，声音是会减弱。不会有事的！注意看，他正在奋力游哩！”

皇甫晖看了一会儿，说 :“可能是碰到海流了，还带着分量不轻的摄像机。我去接他！”

话音未落，小袁就像飞鱼一般游了出去 :“我力气大！我去！”

皇甫晖和小张连忙向大船发信号，要他们赶过来。

海流是大海中并不罕见的海水运动方式，有的强劲，有的不动声色，可它们都能把潜水员带走。

小笪看到灯光向他游来，心里安定了许多。孤身一人在黑暗的大海上，不恐惧，不心慌，那是骗人的。

等小袁离得稍近些了，小笪憋足劲儿，大喊一声 :“别再过来了！这里有股海流，别把两人都搭进来！”

可小袁听到后，还是使足了全身力气，向他冲去。

海流确实强劲。小袁尽量抬高身子，减少接触面，待够得着小笪时，一把抓住他，拖着就走，将他带出了海流。小笪这时已然筋疲力尽了。

待与皇甫晖汇合后，大船也赶到了。皇甫晖催着大家赶快上船，可小笪却赖着不走了，说：“我把摄像机弄丢了。我休息一下就去找。”

皇甫晖朝他头上就是一掌：“丢了就丢了！命重要还是摄像机重要？我来赔！”

三人硬是拉的拉，推的推，把小笪架上了船。

待大家都缓过气来，小笪才说出了原委：“当时我正在给一片鹿角珊瑚摄像。它真美，至少分了三层：底层的如小鹿群卧，中层的如灌木丛生，高层的如雄鹿昂角，色彩有绿的、白的、淡黄的，层峦叠嶂，十分壮观。为了拍得更清晰，我便打开了大灯。可拍了五六秒，突然镜头一乱——几条海鳗从珊瑚礁中蹿出。它们又粗又长，龇着锋利的牙齿就向我扑来。我知道它们的凶猛，连忙闪开，可有一条竟向我的腿击来。如果挨一口，肯定是个窟洞。我拼命游，可怎能游过它？只能使用防身武器了！等我用潜水刀碰了它一下，它才稍稍收敛。我瞅了空子，突了出来，正想上浮给你们发信号，它又追了上来，我只好再逃……只要发现它接近，我就停下，向它挥猎刀。它一畏缩，我就逃。后来，我突然想起可能是头灯惹的祸，给它指了目标，当机立断是应该关掉。可它没了目标，我也会失去方向，陷入黑暗。这样的剧烈运动，耗氧特别多，我刚刚只顾逃命，连看气表都来不及，但估计氧气也不多了。反正都是在劫难逃，不如拼了，于是我随手就关了头灯。啊，总算摆脱了海鳗的追击，可还未来得及庆幸，又遇上了海流……”

“魔鬼”很淘气

首席科学家是研究团队的灵魂。事故给皇甫晖敲了警钟，她决定暂停 3 号海域的夜潜。但珊瑚虫产卵时间又迫在眉睫，讨论了几次，也没找到更好的办法。不过，大家并未看到皇甫晖愁眉苦脸，她仍和平时一样，该笑的笑，该玩的玩。只有小袁他们知道，她正在苦苦思索着解决办法。他们想起平时碰到难事向她报告时，她总是不急不躁地交待一句——“想办法呗”。

这天晚饭后，大家在海边散步。走着走着，皇甫晖突然眼前一亮——海滩上有一个鹦鹉螺的壳。螺壳上火焰般的花纹闪出了绚丽的色彩。

鹦鹉螺生活在 100 米的深海，又是夜行性动物，一般人只知道它很美丽，是四大名螺之首，但见到海滩上这种被风浪打上来的已属罕见，更别提活体了。即使海洋生物学家也很难见到，一般只能从化石里看到完整的鹦鹉螺。

小袁弯腰将它拾起。

小张说："头壳都碎了。"

"里面隔仓还在。"小袁说。

"臭了。"小张拿过来嗅了嗅，顺手就把它甩掉。

皇甫晖却将它拾了起来，在海水中洗了洗，说："回船。"

她的脸上闪过一丝谁也猜不透的狡黠，那是顽皮又得意的神情。

之后，她泡了壶功夫茶，坐到甲板上。大家也坐了过去，心里都在想，她肯定有了重大发现。茶过三巡，她终于开口了："谁在大海中见过活体鹦鹉螺？"

原来是这么简单的问题！不会吧？

接着，她又问："谁知道鹦鹉螺何时会游到海面上来？"

小张是研究珊瑚生态的，他想了想，说："我曾看过一份资料，那上面说，在一个月圆之夜，成片的鹦鹉螺像是开派对一样，漂浮在海面上，场面宏大而惊人……你是不是说，珊瑚虫产卵也可能有这种习性？"

"茶也喝出味了。就从这方面拓展思路，调整方案吧。"说着，皇甫晖就走了，"都累了一天，快进舱休息吧！"

其实她没有点明月球的脉动是大海的呼吸，潮起潮落与海洋生物息息相关。相信小袁他们会想到这层，这就是鹦鹉螺触发的灵感。

很多成名的自然科学家都说，激情和灵感并非文学家、艺术家的专利，它们也是科学创新的灵魂！

她在当天的考察笔记本上重重地写下了"鹦鹉螺的启示"几个字！刚写完，一个绝妙的主意跳了出来——何不来个"智力游戏"？

第二天一早，她果然给大家布置了一道智力游戏，参与者有奖。

她在记事板上写下"鹦鹉螺的启示——月圆夜的玄机"。

连她自己也没想到，之后的几天，队员们接在后面写下了不少文字。

调整后的方案可用一个成语"守株待兔"概括。这很像猎人追捕猎物，总要等“有路”后，才选择下弓、下吊或潜伏狩猎。所谓“有路”，就是指掌握了猎物的行动规律。否则漫山遍野地跑，不累死才怪！

离月圆还有几天。有时候夜里，小袁他们会去礁盘上考察珊瑚虫卵的成熟状况。那里水浅，比较安全。

采种的准备工作正紧张地进行着。大家都在等待那振奋人心的时刻。

对他们来说，那将是一场虎口夺粮的战斗，充满了挑战。

小笪第一次听大家说“虎口夺粮”时，很不解。不就是采种吗？小小的珊瑚虫还能吃人？荒唐！他问小袁。小袁调笑着说：“到时候别吓得尿裤子就行！”

这天，他们乘了艘小船到沙岛考察。小船锚在海湾处，渔民说有海龟在上面产蛋。

海龟是种神奇的动物。它出壳后，就向大海奔跑，这时常有海鸟群集，跑慢了或跌到坑里爬不上来，就成了海鸟的美味。幸运者在大海长大，到了繁殖季，不远万里，总要回到出生地产蛋。蛋如乒乓球大小，要在沙中自然孵化六十多天才能破壳。盗猎的人往往会在海龟产蛋季节捡蛋，捕捉海龟，给保护工作带来了很多困难。渔民小郑保护海龟岛的计划已在实施，不知是否能兼顾这边。小袁在海滩上看到有蛋的沙窝基本上完好，只是有两三窝不知被哪个家伙掏开了，满地碎壳。他做了一些处理后就往回走。

刚到海边，大家个个都惊呆了——大海什么时候铺起了黑地毯？上面还布满了白色的花点。

随后是两三分钟的静场，只有海风轻拂。第一个回过神的嘀咕了一声：“鱼？”

大家七嘴八舌地议论开了。

“是水上鬼怪式飞机？它有三角形的‘翅膀’！”

“像块地毯。”

“它有头有尾。”

“在游动呢！”

没错，它像长了一双“翅膀”，类似蝙蝠展开的皮翼，吓人得很，总有七八米宽。头有异样，长了两个角。尾巴也怪，又细又长。

只见它“翅膀”一扇，没溅出一丝浪花，就已滑到十多米外。

好大的身躯！有三四吨重吧！

“魔鬼鱼！”小笪带着颤音说。

“是蝠鲼！”皇甫晖证实。

大家全都乐了。蝠鲼是现存最古老的海生动物之一。虽然资料记载过它在东海、黄海的踪迹，但目前已属于极度濒危物种，很难见到。而关于它的童话和传说，大家可能都听过。今天，是什么风把它们吹来了，还是一群——两条体型较大，两条体型较小，也许是一个家族。其中一条竟游向小船，将两“翅”一夹，便从船底游了过去。一瞬间，小船动了起来。

它居然能拖动几百斤的小船！

“要坏事了！”小笪边说，边要跑过去。

“别惹它！”皇甫晖厉声道。

“把船拖走，我们怎么回去？”小笪担忧。

“没了命，要船有什么用？”皇甫晖说。

▲ 蝠鲼近影（选自视觉中国网）
▼ 蝠鲼跃出海面（选自视觉中国网）

"看样子，它挺温驯的，也不像传说中那样吓人！"小笪有些不服。

"大熊猫温驯吧？惹急了，黑熊都怕它！轻轻一掌，就能让它打成脑震荡！不信就去试试。这条蝠鲼正在兴头上，借小船找找乐子也不许？"皇甫晖说。

那条蝠鲼推着小船，玩得挺高兴，引来了另一条体型较小的。闹剧开始了——你往这边拖，我往那边拉。小船一会儿歪趔，一会儿打转转。

再看另外两条体型较大的，它们只轻轻一夹"翅膀"，便如箭一般射出。那游姿随意而优雅。说它随意，是因为它们游动时，两"翅"裙边呈波浪形，且速度像闪电一般。黑色"翅膀"上布着星星点点的雪白，透出别样的风韵。

它们向海湾口游去。玩船的见到同伴离开，连忙弃船追随。

小笪纠结的心放下了。船离海边还不太远，他想游过去把它拖回来，可再看一眼皇甫晖，她的神色依然严肃。怎么办？难道他要像神仙一样脚踏水波去取船？……坏了，它又折回来推起小船走了！小笪心中叫苦不迭。

它们已游出海湾口，影影绰绰。小张的脸上显出失落，小笪却更加惶恐、焦急，只有皇甫晖聚精会神地注视着。

阳光灿烂，浪花上不断闪出金星，海风忽紧忽慢地拂面。

突然，一条蝠鲼蹿出大海，翻了个跟头，留下一抹无比优美的弧线，落到水面，顿时雷鸣震耳，水花四射。另一条蝠鲼也一跃而起，没翻跟头，只是重重地落下，将海面砸出一米多高的浪头，几人不觉一凛。

谁惊叫一声："真是如雷贯耳！"

这可是在五六百米开外，而据说其声能传一两千米。

"千万别往小船上砸。要砸到，还不粉身碎骨啦！"小笪的担心不无道理。

"别只顾看热闹。鱼类行为学是重要的学科。"皇甫晖指着前方，示意他们继续看下去。

那两条弃了船的也参与到狂轰滥炸中。它们似乎换了一种玩法——跃出海面，在空中滑行几米后，才飞掠入水，鼓着"翅膀"，一路拍打。虽然它们没有飞鱼长距离飞行的本领，但更加震魂慑魄。

霎时，海面上四条大鱼纷纷飞起。海湾喇叭口形成了一道弧形的水浪。

最有趣的是那两条玩船的蝠鲼，它们腾飞之后，总也忘不了把落后的小船拖出。

场面看起来纷繁，但皇甫晖却悟出了其中的奥妙：它们沿着海湾口的弧线组成了一道散兵线，每一条都在履行着自己的职责。

“呀！好多针鱼！”突然，小笪有了新发现。

天上掉下个小蝠鲼

只见一群针鱼仓皇地游进了海湾。它们身形细长，大概十几厘米，嘴就占了四五厘米。虽然不像剑鱼有个又扁又阔又厚的嘴，但那如针般又尖又细的嘴只要你见上一次，就再难忘掉。

针鱼和沙丁鱼一样，喜欢集群。集群是一种以种群利益为上的生存智慧。在弱肉强食的海底世界遇到强敌，以团队的力量和对手周旋，这样，即使敌人再强大，也不能将整个团队扫荡干净。只要能保存一部分，就延续了生命的种子。

针鱼已经挤得密密麻麻。小笪乐了："原来蝠鲼先前的'狂轰滥炸'是在赶鱼呀！"

"鱼也以食为天！"小张调侃。

小笪心想，一网兜下去，不装满才怪哩！

针鱼防卫方式之一是"结阵"，阵形或圆，或线，或旋，或难以名状，以变化多端的阵形迷惑敌人，以便伺机突围。其实，

▲ 针鱼（杨剑辉拍摄）

小型鸟也具有这种生存智慧。椋鸟常常结群数万只，当遭遇游隼等猛禽攻击时，立即结成古里古怪的阵形，时而如陀螺，时而如旋风，时而如急流，比鱼阵花样更繁复。鸟类学家说，一只椋鸟要兼顾身边七只同伴的动作，以便保证阵形在瞬息完成改变，让冲进鸟群的游隼无法锁定攻击目标！最优秀的飞行员对它们的飞行技巧也只有望洋兴叹的份儿！

不多久，他们又发现了奇怪的事，这些针鱼好像不会排阵了，或者忘记了祖宗留下的阵图，都变得晕晕乎乎……蝠鲼们缩小了包围圈。海面上骤然沉静，只有海浪的波动。

哈哈！蝠鲼们正用头上的两只“手”扒着已经昏头昏脑的针鱼，往阔嘴里送，就像用扫帚把鱼往簸箕里扫。当有些针鱼企图突围时，那“手”又灵活地将它们拢了过来。

蝠鲼嘴边的那两只“手”当然不是真的手，而是头鳍进化而成的。为了掠食小鱼、浮游生物，蝠鲼的头部进化得很成功。乍看头型很特殊，像海牛；嘴呈长方形，阔大，像非洲河马；牙齿细密——其实这种结构，最利于捕食小鱼小虾和浮游生物。食物决定了它们器官的进化。

当然，蝠鲼所谓的“翅膀”也是由胸鳍进化而来的。同样的还有飞鱼——它的“翅膀”薄如蜻蜓的羽翅，其上还绘有黄蓝色的花纹。多了一种生存的技巧，就多了一个生存的机会。生命为了适应环境，为了生存发展，曾做过多么艰难、勇敢、不屈不挠的努力！一部生物进化史就是一部最壮丽的生命奋斗史诗！

四条蝠鲼很有次序地进食，神情优雅、闲适，吃得津津有味。不像皇甫晖在南沙群岛看到的剑鱼们，它们横冲直撞、穷凶极恶，吃起东西如狂风扫落叶一般。

只是那两条玩船的不时还要去光顾一下小船，或拖，或拉，或推。

皇甫晖看清了，有些针鱼趁蝠鲼们大快朵颐时，突围而出。而且，被震得昏头昏脑的也不只针鱼一种，还有螃蟹、红鱼、蝴蝶鱼，它们被蝠鲼的“双手”捞到嘴中。

“它们的吃相挺文雅的，怎么落下‘魔鬼鱼’的恶名？”小张为蝠鲼抱不平。

“仅是庞大的身躯和奇怪的模样就够吓人了，别说它还会从你头上飞过，让你惊恐万分。”小袁说。

在几人小声的议论中，蝠鲼掠食的节奏逐渐慢了下来。

玩船的又去拖船、遛圈，另一条却腾飞起来，从空中越过小船，再落入海中。

看得小袁也乐了 ：“哥们儿，再来一个！”

蝠鲼有灵性，竟然真的从那边飞了过来。

“哈哈，再来一个！”小袁又叫起来。

别说，还真像体操运动员在表演！另一条也加入进来。一条从小船这边往那边跃，一条从小船那边往这边飞——蓝色的大海上，它们凌空出世，阳刚而俊美。黑色的背上是如繁星般闪耀的雪白斑点。到最高点时，它们又展现了一个低头弓背的绝技，在空中划出一道柔美的弧线后，栽入水中，顿时水花雷动。它们飞跃腾挪、纵横交错的身影看得皇甫晖像个小姑娘一样跳起来欢呼。是人的欢腾雀跃感染了大海和蝠鲼？

可在这时，一条一直似在闭目养神的体型较大的蝠鲼突然游动起来。它连连扇动双“翅”，甩起尾巴，如一块巨型的魔毯在蔚蓝的大海中疾驰！它行动诡秘，时而侧身，时而抖动，显得有些焦躁不安。所到之处，其他蝠鲼连忙闪开。

蝠鲼是公认的快乐流浪汉，用时髦话说，就是喜欢“慢生活”，怡然自得。可现在……皇甫晖没揣测出是什么原因。

难道它感知到有大鲨大鲸来袭？她连忙审视海湾入口处，没发现什么异样。再说，大鲨大鲸碰上它，一般都会退避三舍，因为它虽然没有锋利的牙齿，但个头大，力气也大，还会突然跃出水面来一个泰山压顶的反击，更要命的是那长长的尾巴里暗藏毒针，犹如钢鞭，挥动起来威力无穷。

难道它感知到有另一种身怀绝技的家伙？大海中不乏这样的动物——小小的刺鲀能战胜庞大的鲨鱼；有些芋螺暗藏毒针，杀伤力极大，能使人致死。是的，最强大的动物也有致命的弱点，最弱小的动物也有赖以生存的本领。

皇甫晖百思不得其解时，那蝠鲼却打起了旋旋。难以置信的是，它几米长的“翅膀”竟然能灵巧地做出如此高难度的动作。它越旋越快，就像在不断给发条铆劲。突然，它蹿出海，飞上了天，还没看清它是怎么动作的，腹部猛然掉下一团肉。

怎么？肉被谁咬掉了？它受伤了吗？

正在大家惊恐之际，谁喊了声：“小鱼！”

只见一条小鱼落到水中，游了起来——哈哈！也是黑黑的三角翅，怪怪的头，长长的尾，黑“翅”上闪着银亮的星星。不是小蝠鲼又是谁！

大家先是一惊，愣了片刻，又是欢呼，又是雀跃，又是热烈的掌声！都在庆祝新生命的降临！

“祝你生日快乐！祝你生日快乐……”皇甫晖唱起来了，小袁唱起来了，小张唱起来了，小笪也跟着哼了起来。

而后，大家又七嘴八舌地议论开来。

“真是从天而降！”

“神奇！闻所未闻！还有这样生孩子的！只听说树蛙把卵袋挂在池塘、小溪上空的树枝上，小蝌蚪一出生就自由落体，掉到水中。”

“它为什么要做旋转运动？”

“可能是加速运动才会得到腾空的动力，在跃起的瞬间，借力将孩子娩出。”

“难怪它焦躁不安，或许是产前的阵痛。”

“它一生下来，就这样大？总有米把长！”

“妈妈用‘手’去抱它了！”

“还在亲吻它哩！”

“是要给它喂头乳？”

“它是卵胎生，就是卵在母体体内发育成新的个体后，才产出。”

“再来一个！”

“不可能。它每胎只怀一个，不像翻车鱼，一次要产一亿多的卵。这样的繁殖方式，再加上人类的滥捕，就让它成了极度濒危的物种。”

正当大家议论着，蝠鲼们已拥到小蝠鲼这边。

“原来体型较大的才是雌性！”小笪为这个发现而高兴。这就是海洋探险的魅力！

妈妈带着孩子游走了，小家伙跟前跟后。妈妈不时回头顾盼，有时还用“手”环抱共游。好一幅充满亲情和爱意的温馨画面！其他蝠鲼也尾随而去，就像簇拥着英雄凯旋。不知是喜悦，还是玩腻了，它们只将小船留在了海湾上。蔚蓝的大海上，开满银花一片。

皇甫晖送别了蝠鲼，从澎湃的思绪中醒来：“它给我们带来了好消息，还给我们上了预备课。虎口夺粮也就是明后天的事了！快去把小船靠岸，回去准备。应急方案要调整。”

“它和珊瑚虫是亲戚？难道珊瑚虫也是卵胎生？”小笪给说蒙了。

小袁和小张忽有所悟，但还没理清头绪。然而，从皇甫晖满脸的灿烂看，她肯定有了重大发现。

是的，蝠鲼的到来印证了她的猜想！

她在考察笔记上写下“——蝠鲼到来的预示”，又走出舱房，在记事板上的“智力游戏”下，接在“鹦鹉螺的启示——月圆夜的玄机”之后，写下“——蝠鲼来了”几个字。

好不容易盼到了这月的十五。这是皇甫晖挑选的“黄道吉日”，是印证她猜想的好日子。

傍晚时，落雨了。雨给热带海岛带来了清凉，可也让皇甫晖他们坐立不安。虽然风不大，但阴云遮住了月亮。别说雨中夜潜风险太大，就说失去了圆月，采种计划也就泡汤了。借用“万事俱备，只欠圆月”来说，也不为过。

皇甫晖不时走出船舱，察看着风云变幻，终于说：“看来是过路雨，吉人自有天相。要是谁能把月亮急出来，就使劲急吧！”那股天真顽皮劲儿，连船长都被说笑了。

热带的雨，来得快，去得也快。顿时蓝天洞开，阳光如金子般洒下。

“启航，3 号海域！”皇甫晖说。

尽管蓝天上还有疾驰的乌云，但高空却白云悠悠。西天晚霞绚丽多彩，鲜红的霞线、金色的云朵、紫色的霓彩辉煌壮丽，映得大海犹如一块调色板。

“彩虹！我架起了彩虹！”皇甫晖兴高采烈地说。

真的，一点不假！她的身上陡然飘出红橙黄绿青蓝紫，连满头秀发都沾染上彩色。彩虹凌空，落入远方，蔚蓝的大海中顿时映出了彩带。

一船的人都异常惊喜。如此的幸运，有几人能碰上？大自然太神奇了！

“好兆头！”小袁也很兴奋。

“我们正驶向童话世界！”小张感觉太美妙了。

在霞光迷离中，皇甫晖他们到达了 3 号海域。下了锚，大家都聚在甲板上欣赏起海浪变幻的美景，远处的霞光随着浮气的聚散而聚散。

随着时间推移，东天映出一片银辉，圆月缓缓地升起在海面上，朦胧的乳白瞬间无声无息地充溢在海天之间。幽深的天幕上生出闪烁的明星，显出浪的波纹。

此刻的大海显得尤为浩瀚、坦荡。

随着月亮的升高，小张的心情也开始演变：晚霞消失了，茫茫的大海，朦胧的天地之间，只有一叶小舟在上下起伏。没有人声，没有车马声，更没有小鸟的啾啾声，空寂、孤独从四面八方涌来。就像踏进了沙漠，金色的世界，沙山的流动，都使旅人感到震撼。然而，在不知不觉中，眼空了，心也空了……原来，为了防止趋光性动物贸然而至，船长只在舱内留下一盏照明灯。

“听，大海在说话——”皇甫晖短短的一句话充满睿智，还带有哲理的韵味。是的，海洋生物们开始了神秘的夜生活。近处时而响起的鱼跳，远处时而蹿起的大浪，为焦急的他们带去了抚慰。

小张拍了拍脸颊，从迷幻中醒来。四周又有了同伴的声音，大海又有了呼吸。他明白，自己刚才那番情绪正是孤身在外探险的人常有的。

他回过神来，继续观察海面。仍然没有珊瑚虫产卵的征兆，一丝一毫也没有。再看其他人，也没有什么发现。

大家的焦虑当然逃不过皇甫晖的眼睛。

“小袁，你在船那边低于甲板的地方吊个 1000 瓦的灯泡，看看有没有‘客人’会来。闲着也是闲着，比赛一下，要是两手空空，明天就只能吃洋葱炒土豆丝啦！”一句话，活跃了一船人。

古时候，渔猎便是人类生存繁衍的重要技能，至今还具有无限的魅力。利用某些鱼的趋光性，用灯光诱捕，是渔民们常用的捕猎方法，有时一网下去，能有几百上千斤。

大家玩得不亦乐乎，皇甫晖却泡上一壶功夫茶，坐在矮桌边，密切注视着海面上的变化。

没过一会儿，船那边就响起了扑喇声。

“海蟹！好大啊，快捞！别只傻看。”小袁急得对小张大喊。

“真笨，迎着鱼头捞。追着它屁股，还不跑掉？这条红鱼总有两三斤重。”小袁又急得朝小笪叫唤。

突然，扑哧声连连响起。

“飞鱼，飞鱼！”大家都兴奋了。

真是一群飞鱼！眼看捞网逼近，它们纷纷蹿出水面，展开“翅膀”，贴水飞翔——准确地说，应该是滑翔，连“翅”上的黄蓝花纹都能清楚瞧见哩！

皇甫晖不觉偏头向那边瞥了一眼，只见银光一闪，就听到吧嗒吧嗒声，几条飞鱼竟然落到了甲板上。这真让她童心大发！但育珊瑚造礁的宏伟计划使她想到了自己的使命。是的，从鹦鹉螺给予的灵感和蝠鲼到来的预示，再加上对珊瑚虫的研究，这个计划应该是可行的。但好不容易等来了这月的十五，珊瑚虫却好像忘记了产卵，一点迹象都没有。除了小袁他们的快乐，海天一片寂静。是哪个环节出了问题？皇甫晖一边注视着海面，一边苦苦地思索。

“海鳗！”小笪突然指着前方海面，喊道。

“喂，别把表兄弟看错了。海鳗的头可没这么小。”小张也凑过去瞧。

“这是海蛇！”小袁接上话茬。

一听是海蛇，小笪喜得伸网就去捞。这可把小袁他们吓坏了，不容分说就去夺网。

“干吗？干吗？海蛇上百元一斤，味道比海鳗还鲜呢！”小笪说。

“所有海蛇都有剧毒！你能惹它？！”小袁连忙警告道。

皇甫晖也坐不住了，往这边一看，吃了一惊——这是海蛇群，黑压压一片，前呼后拥，像一股黑色的海流，透着幽灵般的排山倒海的气势，还不知灯光外究竟有多长的队伍。

在这重要的关口，皇甫晖不愿横生枝节，于是下令："把灯关掉！注意它们的行动！"

海面顿时陷入黑暗。

月上中天了，珊瑚虫还是没有任何动静。

皇甫晖问船长，退潮是否已近尾声，得到肯定的答复后，她宣布返航。

空等一夜，就这么空手而归吗？

▼ 飞鱼（选自视觉中国网）

“珊瑚虫会不会在下半夜产卵？”不知谁冒出一句。

“不可能！”皇甫晖回答得干脆、坚决。她当然理解队员们的心情。其实，她下达返航的命令也是经过思想斗争的。她相信自己的判断。科学实验很可能要失败一千次，但在一千零一次成功，关键是坚定自己的信心。

“是不是哪个环节出了疏忽？”小袁试探着问。

“别怀疑自己，这个方案我们讨论过多次了。别忘了，还有十五的月亮十六圆一说嘛！”皇甫晖说。

“我去采两个标本吧！”小袁建议。

“好，我也去。”皇甫晖想，坐了大半夜，松松筋骨也很好，想了想，又对小袁说，“博个彩吧！谁输了，回去请大家喝咖啡，跳舞。”小袁立即伸手与她击掌。

好在船没驶远，转头就到了 3 号海域。

他们潜到珊瑚礁处，小袁折下一枝珊瑚，发现横截面的卵已成了粉红色，圆润饱满得发亮。他立即竖起了大拇指。皇甫晖也察看了两个品种，那粉红的横截面犹如含苞待放的桃花。用黏合剂将珊瑚复原后，他们便上浮出海了。

小张问：“谁请客？”

皇甫晖乐了：“你也想博彩？”

“谁敢和你打赌？我肯定没有赢的机会，除非月亮从西边出来！”小张说。

“学乖了。你们哪次赢过我？”皇甫晖那副扬扬得意的样子把船长都逗笑了。

满船的焦急与失望顷刻化为嘻嘻哈哈。在这随意的笑谈中，洋溢着信心和坚定。

海上漂起红带子

第二天，海况依然很好，清风微浪，蓝天晶莹，一丝云也没有。

船到达 3 号海域时，落日的余晖还映在西天，皇甫晖惊喜道："金月！金色的月亮！"

真的，圆月如一块金饼冉冉升起了。西天那抹落日的余晖倒更像是金月的辉映。西天太阳，东天月亮——这奇异的天象将神秘和温暖撒布到探海者的心里。

"好兆头！"船长感叹。

难道多少个日夜的搜索，多少份无限的期待，就要在今晚揭晓？

紧张，兴奋。船上一片寂静。

微波细浪中，传来了鱼跳声。今晚的鱼跳要比昨晚热烈，像一幕大戏开始前的热场锣鼓。海面上弥漫着诡秘的水汽。

天空中微微的穿行声惊动了皇甫晖。她刚一抬头，便见几只披着金色月光的白色海鸟已映在海空。海鸟的反常激得她原已不平静的心一振。

“海鸟怎么突然变成了夜行客？平时难得在夜间看到它们。”喃喃低语的是小笪。

皇甫晖却下达了命令：“打起精神，注意监测水面的变化！”

其实，海鸟的出现和皇甫晖的神情，小袁和小张已心领神会。

然而，也许是上天有意考验他们的耐心，海鸟的身影突然不见了，而大海似乎比刚才还要喧闹。

皇甫晖也在等待中。

她问船长：“潮水开始退了吗？”

“快了。”船长一直监测海水的动向。

这时，小张突然急急地喊：“皇甫老师，我这边的海面似乎有些变化！”

那边确实有难以察觉的变化。是什么？好像是海水的颜色有些异样。

与此同时，船长也告诉大家：“潮水开始退了。”

天空中，从不同方向飞来了几群海鸟，纷纷向这片海域靠拢。

“会不会是红海藻？似乎还发光呢！”小袁眉头紧缩。

皇甫晖没有回答。

“冒红的速度很快，感染的面积越来越大。无论哪种海藻都没有这样的繁殖速度。”小张肯定地说。

“会不会是从海底浮到海面的？”小袁又问。

“不可能，这里是大洋，不是出海口，几大监测站的数据都说明水质很好，绝不会有海藻大暴发的情况。”小张说得斩钉截铁。

“那应该就是珊瑚虫卵了！”小袁高兴得几乎跳了起来。

“红了，海水！珊瑚虫真的产卵了！”船上响起一片欢呼！

最难忘的奇迹出现了！

珊瑚虫像冥冥之中接到了指令，纷纷从自己建造的城堡——碳酸钙的外骨骼中游了出来，涌向集体产卵场。

“我们开始吧！”小袁跃跃欲试。

“再等等。”皇甫晖虽然心潮澎湃，但作为科学家，她有足够的定力。

金月的光辉映在正冒红的海面上，海面涌起的波涛和海鸟飞掠的身影交相辉映出一幅神秘、奇妙的画面。珊瑚虫集体产卵的日子也是其他海洋猎手赶赴盛宴的日子。生存竞争就是如此。

► 红色的珊瑚虫卵（选自视觉中国网）

只不过眨眼的工夫，那些红点子已经汇聚成飘忽的红带子——足有两三米宽，八九米长……还在蔓延。

“登小船！虎口夺粮！记住安全第一，严守纪律！”皇甫晖终于下达了命令。

大家登上小船，可小船行进得并不顺利，似乎遇到了从海底喷涌而出的涌浪。是什么在水里鼓动？

等小船终于到达了红带子处，还是摇晃个不停，就像身处惊涛骇浪中。原来，掠食珊瑚虫卵的鱼儿们根本没把小船放在眼里，反而加快了进食的速度。珊瑚虫卵可是高蛋白、富营养的美食呀！

虽说小船在颠簸，可皇甫晖还是看清了——大海中冒出了水泡，水泡刚

到海面便立即炸开，如一朵玫瑰怒放，花粉回扬，红了一片。一个个水泡，一朵朵怒放，就像从海底涌向海面的桃花雨。

生命如此诗意般地降临！它不像蝠鲼分娩般惊天动地，却在无声中启动了轰轰烈烈！

“下海捞吧！迟了，凶狠的玩意儿都会赶来。”小张提醒道。

“注意察看卵带。”这样千载难逢的观测机会，皇甫晖一秒都不愿放过。

小船随潮水漂流。月亮似乎也明亮起来。红带子仍在漂动、蔓延。

皇甫晖借着头灯，终于看得比较清楚——当然，是知识将朦胧的现象变得清晰了。

远看是红色的海流，其中又掺杂着白的、乳黄的斑块，她相信那是不同品种的珊瑚虫所产的卵。她告诉小袁他们，待会就收集这样的。

珊瑚虫卵个体很小，小得肉眼难以见到。难以置信的是，她似乎看到了珊瑚虫卵的形状，或者是想久了的一种幻觉？

不管怎么说，珊瑚虫有如此大规模的排卵量，不仅使她惊讶，而且也佐证了她“封海育珊瑚”观点的正确和可行。排卵量大表明补充量大——有足够的新的生力军——即使珊瑚礁生态系统受到大气变暖、海水酸化或人为破坏，只要不是毁灭性的，就有恢复、壮大的可能。这也是珊瑚礁遭到长棘海星残害后，只要把造成长棘海星暴发的源头切断，不多久，珊瑚礁又会得到恢复的根源。

“不能再等了。你们看那边的海浪！”小袁指了指前方。

月光下，不远处的海浪有些变色了，就像风暴来临时，海上出现的黑线。

皇甫晖果断发出了采集珊瑚虫卵的指令，又转身向大船发出靠近的信号。为了减少干扰，大船之前并没有跟来。

不知什么时候，天空已一片白色，海鸟们俯冲而下，纵横飞掠，不时发出尖厉的叫声。皇甫晖从叫声中发现了秘密。原来它们的兴趣并不是密集度高的珊瑚虫卵，而是那些吞食珊瑚虫卵的鱼虾！真是应了“螳螂捕蝉，黄雀在后”。

小袁他们刚下海，鱼群也赶到了。既然是“虎口夺粮”，他们之前也都有心理准备，却未曾想到来的全是大家伙。虽然看不清它们的全貌，但个个都是七八斤的身坯，似乎还有金枪鱼、马鲛鱼的身影。

鱼群太稠密了，小袁急忙闪开，惊得大喊：“快离开红带子！”

鱼群张开大嘴，在红带子中上下翻腾，吞食着珊瑚虫卵和追逐而来的鱼虾。这些大鱼平时虽然畏惧人类，但今天，在这种狂热的掠食中，难免会神经错乱，若是给撞上，即使有再好的水性，也会人仰马翻！特别是金枪鱼，这家伙游速极快，尾巴还特别锋利，大伙儿都很怕它。小袁甚至见过它在船帮上划过的痕迹，像刀锋割过一样。

小笪很紧张，开始理解“虎口夺粮”的含义了。他是专业潜水员，比小袁和小张在海上的经历多，所以只需片刻，就知道目前的情况有些棘手。三人在海上手足无措，焦急、恐惧又无奈。

小袁思索了一会儿，说：“你们先在海面监视，我瞅准时机便去采。”

其实，这是自我安慰。就算监视到鱼群来了，通知他又有何用？他能穿过横冲直撞的鱼群，或是比鱼群游得更快？

但还有更好的办法吗？红带子既然能倏然而现，谁又能料到它何时消失？如果现在不行动，那这么多天的辛苦等待和冒险岂不全都付之东流？

说干就干。小袁瞅准一处较为平静的海面，猛然下潜，快速而准确地采集珊瑚虫卵。待露出水面，他已经采到了一大袋子。他马上递上船去。皇甫晖立即将它放到大桶中，手一刻不停地在里面搅动，促使其尽快受精。小张也在密切关注卵带，之后他瞅准机会，迅速入水，很快便又采了一袋。而小笪则一直端着摄像机，记录卵带的变化。

眼看再有几次采集，任务就能圆满完成，可这时，忽然听到皇甫晖扯起喉咙大喊："快回船！鲨鱼！"

不远处，三四只三角鳍露出海面，正向这边悄无声息地游来。不是鲨鱼，又有谁有这样的背鳍？

小笪惊出一身冷汗。小袁和小张更是急速地游动。小袁眼看小笪神情不对，一个侧身夺过他手中的摄像机，顺势推了他一把。

待他们靠到船边，皇甫晖立刻启动了小船。三人连滚带爬，跌进了船中。

小船已靠到大船边，船长和水手连忙来拉。危急时，大家还是先将采集到的珊瑚虫卵送上大船。

皇甫晖刚爬上大船，鲨鱼们就到了。小船差点被颠翻。小笪吓得半天没回过神来。他第一次听皇甫晖说"虎口夺粮"时，觉得那只不过是夸张哩！

船长和水手直对他们竖大拇指，还说："这真是没有枪声的战斗！没想到搞科学研究还要冒这么大的危险！"

皇甫晖却微笑着安慰大家："别看它们五大三粗的，

却没我灵巧！”

鲨鱼们霸气冲天，追逐着鱼群。鱼群当然不甘心放弃这场盛宴，毕竟这样丰富的美味可不是天天都有的，或许每年就只有一次。小型鱼类的自卫方式并不多，无外乎“敌进我退”“声东击西”“潜伏偷袭”，但像金枪鱼这样的自恃速度快，只要不与鲨鱼正面冲突，便可我行我素地追逐猎物。

皇甫晖在船上观察着大海变幻的风云。这里正在上演一场生死存亡的大戏，展现了生命的美丽，同时也演奏了生命的悲壮。

现在连小笪也逐渐明白起来。珊瑚虫集体产卵，引来了食客云集。开头的海鸟不是专门赶来啄食卵带的，这也并非它们的长项，它们是来捕猎小型鱼虾的，而小型鱼虾引来了大鱼，大鱼的集聚又招来了凶狠的鲨鱼。这就是人们常说的食物链。

小袁和小张继续在船里处理采集来的珊瑚虫卵。待他们回到甲板，才发现几条鲨鱼的背鳍依然忽隐忽现。而随着退潮的海流，“红带子”似乎有些变色。

皇甫晖他们尚不清楚这种集体产卵能持续多长时间，但他们不希望它匆匆结束。为了今天，他们已经历了太多危险丛生的考察、不眠之夜的思索和充满激情的猜想。如若这次行动不成功，他们又将进行漫长的期待，而且最麻烦的是计划可能又要延长一年。

小袁看了看注视海面的皇甫晖，她虽然还算淡定，但眉宇间仍透出不易察觉的揪心。他们共事多年，亦师亦友。小袁提醒她：“只差四五袋了。抓紧时间完成吧！”

“再等等。现在下去太危险了。鲨鱼还在捕猎，它没吃饱时，攻击性强，只有吃饱了才会懒洋洋的。人命比什么都宝贵！”皇甫晖说。

“要是珊瑚虫结束产卵呢？”小袁担心道。

“不是没有这种可能。但我观察，应该还有段时间。这个海域的珊瑚礁面积比我们预想的要大。你注意到没有，卵带随着退潮的海流漂动，所到之处，似乎又有新的卵包冒出了海面。”皇甫晖说。

今晚的月亮太奇妙了！快到中天的月亮，虽然已不像初升时金光四射，但月光中淡淡的金黄给大海带去了暖意和温馨，使红带子变幻出另一种迷离。

在焦急中等待，等待便像无名火，烧得大家更焦急。

突然，皇甫晖凝神，问小袁：“你听到没有？”

“听到什么？”小袁不解。

砰！砰砰！

“谁下海了？”船长大声问。可明明所有人都在船上呀！大家面面相觑。

砰砰！砰砰！砰砰！声音更响了。

谁在拍打船底？见鬼了，是传说中的海魔？

又是几声。

在这辽阔的大海，在这茫茫的月夜，只有一艘大船拖着一艘小船，只有他们几个人——令人不由得毛骨悚然起来。

正在大家惊恐猜测之际，皇甫晖笑了：“下小船吧。抓紧时间完成任务！”可谁都没动。

“我们的朋友来了，傻愣着干吗？”她已经敏捷地跳到了小船上。小袁第一个跟了下去。

“谁来了？”不知谁问。

“我说过，追我的人多了去了！不信，等会儿看吧！”皇甫晖调皮地卖起了关子。

小船刚离开大船，小张便惊叫一声，充满惶恐：“看那边！像个幽灵。”

皇甫晖看到海面下一个庞大的黑影依稀闪着白斑，喜悦油然而生。自己的猜想被证实了！

“幽灵、魔鬼只藏在人的心里。大海里从来就没有幽灵、魔鬼。听我指挥，放心大胆地去采吧。”皇甫晖的话语里带着调侃。

小袁对皇甫晖有绝对的信心，更有满腔的豪气——他甚至设想过如何从鲨鱼眼皮子底下抢出几袋珊瑚虫，但小张依然忐忑——虽然那魔影已经消失，但皇甫晖不知道哪来的底气，她是故作轻松，给他壮胆吗？

小船已经靠近红色的卵带，可皇甫晖还是没发出下海的指令，她明亮而犀利的目光在海面上搜寻着。

小袁追寻着她的目光，终于看到了鲨鱼的背鳍。看上去，它似乎在避让什么。而后，它突然一个左转弯，闪电般消失得无影无踪。

再一看，原来鲨鱼的位置上出现了一个巨大的黑影。借着月光，能依稀看出一双“翅膀”，“翅膀”上闪着繁星般的亮点。

“蝠鲼？”小张叫出来。

“不是它，还真有人拍船底？谁有那样的大‘手’？传说蝠鲼喜爱恶作剧，我看是天真、顽皮。它在找乐子哩！”皇甫晖说。

小张悔得直拍脑瓜。巧遇蝠鲼的经历怎么忘得干干净净呢！从船底出来的不就是它吗？真让皇甫晖说着了，心里有鬼才可怕。

是呀，为了掠食浮游生物、小鱼、小虾，蝠鲼的嘴才进化得这样阔大，还旁生出一双“手”，以便聚拢食物。而珊瑚虫不就是浮游生物吗？它怎么也不会错过今天的豪华盛宴啊！

最少有两条鲨鱼的背鳍消失了。鲨鱼虽然是近视眼，但感觉系统很好。蝠鲼来了，还是躲开为妙！

突然，稍远处爆发出响亮的水击声，激起一柱巨浪。那里显然发生了争斗。

一般说来，鲨鱼见到蝠鲼是会主动避让的，海洋世界靠实力说话。无论从哪方面讲，鲨鱼绝不会轻易对蝠鲼下手。那天观察蝠鲼时，它深厚的母爱留给了皇甫晖深刻的印象。虽然在月光下，又隔着一段距离，难以看清真相，但皇甫晖仍能从种种迹象推测，要么是鲨鱼犯傻了，贼心不死，妄想对刚生下不久的小蝠鲼下手，要么是鲨鱼误将小蝠鲼当成来掠食的鱼了。不管是哪种情况，它遭到了蝠鲼妈妈的护仔反击。

皇甫晖似乎看到蝠鲼拍了下“翅膀”。可那本能或随意的一拍，竟然给鲨鱼造成了如此痛苦的伤害！是的，它虽憨拙，但爆发出的力量却格外浑厚。而且，蝠鲼除了拍击“翅膀”，也不可能有另外的举动，它的嘴不具备攻击性。

怎么回事？鲨鱼开始在海面翻滚起来，不时露出雪白的肚皮——那是痛苦不堪时才会有的反应……此时的海面上已看不见鲨鱼特有的背鳍了。可能是鲨鱼受伤后，正在海面浮沉。

皇甫晖立刻下达了指令：“能下海了。速战速决！”可大家都呆住了，个个面面相觑，连小袁也没了动作。

皇甫晖想也没想，就说：“我去会会蝠鲼，看它到底怎么了。等我到了它那里，你们立即下海！”说着，便跳进了大海。小袁会过神，紧跟上去。

皇甫晖见状，交代他：“你拉后一点。只要我到了设定的警戒线，你就立马指挥采集。”

“你……”小袁说。

“还有时间说废话？”皇甫晖打断了他。

其实，从海况看，蝠鲼离这边还有段距离，但从它巨大的体形和鲨鱼的惨象来看，不害怕，不担心，那是假的。

皇甫晖已游到自认为是警戒线的地方。回头见小张和小笪也下海了，但他们的动作都变了形。是因为月夜中看不清蝠鲼的位置，还是因为蝠鲼的游速太快？不管是哪种，他们缺少的是安全感。如此一想，她丢下一句“我去找它”，便向蝠鲼所在的位置游去了。

是的，她看到蝠鲼正在优雅地进食，两只又大又厚的肉“手”一记记地将珊瑚虫卵扫进嘴里，小家伙就在妈妈的腹下有模有样地学着。一幅母子情深的画面！然而，作为保护珊瑚的专家，看到成千上万的珊瑚虫卵就这样被吃掉，心里还是苦涩，她只能用珊瑚虫的生存智慧来安慰自己。

她虽然自恃有水族馆工作的经验，虽然自恃有对付大型海生动物的办法，但仍和蝠鲼们保持着距离，密切观察它们的同时，也忍不住迅速瞥了小袁他们一眼……

然而，正当她收回视线时，一根又长又细的黑鞭已甩上了天，接着，就是一阵呼啸，落到旁边一个突然冒起的三角鳍上，响起啪的一声……

真是诡秘极了！鲨鱼什么时候来的？是有意偷袭，还是追逐猎物，忘乎所以？但显然，鲨鱼和蝠鲼正面遭遇了，而鲨鱼绝对没想到蝠鲼的绝密武器——那又细又长的尾巴能迅如闪电地越过头顶，向敌人抽去。

鲨鱼背鳍消失了，消失处，水花冲天，旋起了水窝。

皇甫晖不禁打了个寒战。

而另一边，小袁他们已经完成了采卵的任务。

大家带着胜利的喜悦登上大船，皇甫晖立刻交待船长全速前进，回永兴岛实验站。

她仰望天空，俯视大海，不禁感慨——十六的月亮是那样圆满，淡金色的月光如少女的面容，无限娇艳、柔美；红带子又是那样浩荡，赞颂着生命的伟大和神奇！

到了永兴岛实验站，小张说让大家回去休息，把活儿都交给他，但是谁也没有离去，直到大家都忙完工作。

就寝前，皇甫晖在考察笔记和记事板上加写了“——食物链——红带子”几个字，记事板上的文字变成了“鹦鹉螺的启示——月圆夜的玄机——蝠鲼来了——食物链——红带子”。

第二天，她在记事板上看到“智力游戏”栏目下几乎写满了文字：

• 鹦鹉螺的月光晚会揭示了海洋生物与月球的关系，触发了你的灵感。你联想到珊瑚虫的繁殖行为是否也与月球运行轨迹有关。于是，产生了伟大的猜想。

• 鹦鹉螺在月圆夜群集海面，很可能就是一种繁殖行为。

• 人们都说月亮是大海的灵魂。这是因为月球是地球的卫星，它的运行规律引起了海洋的潮起潮落。月圆夜即大潮来临的时间。珊瑚虫将产卵的时间选择在月圆夜的大潮时，更准确地说，是退潮时，是因为此时的大潮能将它的卵带到更为广阔的海域，更远的地方，就像柳树的絮状种子需要借助风力为它传播一样。生命繁殖的智慧令人惊叹！

• 难怪你问船长是否退潮了，原来你是在选择采卵的最佳时机。

• 蝠鲼的到来不仅让我们感受到海洋生物的美丽和

奇异，还让我们看到它长时间进化的结果——为了捕食浮游生物和小鱼小虾，将头鳍变成了双“手”，将嘴变成阔大的四方形。而珊瑚虫卵就应该是颇得它欢心的食物。它洄游至此，预示着珊瑚虫产卵期即将到来。

• 珊瑚虫卵营养丰富，又是如此集中，这就形成了巨大的食物源，当然会引来大批的猎食者。

• 其实珊瑚虫卵也只是食物链中的一个环节：它引来了小鱼，小鱼引来了大鱼，大鱼引来了顶层掠食者——鲨鱼。

• 游戏接龙：海鸟、金枪鱼、蝠鲼、鲨鱼是从哪里得到珊瑚虫准确的产卵时间的？海洋生物是否还有更复杂、更神秘的信息网络？

皇甫晖也没想到居然一石激起千层浪，大家讨论得很热烈。从字迹看，小袁、小张都参加了，可喜的是还有小笪的见解，看得她心潮起伏，思绪绵绵。揭开自然的奥秘是如此激动人心！

令皇甫晖最高兴的是小袁的游戏接龙，他提出的问题也是她苦苦思索的。简单归结为食物链，显得肤浅。她相信各种生命之间存在着信息网络。拿食物链来说，表象看很清楚，其实你无法说明海鸟、金枪鱼、蝠鲼、鲨鱼能够准时来此群集的原因。

科学研究就是使人们逐渐接近神秘的事实。

其实，皇甫晖多想让大家休息一天，但根据考察计划和研究项目，之后的几天将更为紧张。他们既要完成珊瑚虫卵的人工孵化，并将一部分孵化出的珊瑚虫苗投放到珊瑚礁已遭到破坏的海域，又要再到 3 号海域观察自然环境中珊瑚虫卵的受精、生长和附着情况，并将其与人工孵化的进行比照。

今天的海况没有昨天好，风浪大了，灰白的云在蓝天上移动得有些快。不知船长是心疼他们太劳累，还是海况不宜，有些犹豫，但在皇甫晖的坚持下，

还是出航了。

到达了目标地，皇甫晖又像往常一样让大家相互检查了一遍气瓶和连接管，才布置任务："今天主要观察珊瑚虫卵受精的情况，三个点位就行了。海况不佳，不要恋战。"

刚潜入海下，她就感到浑身舒泰，神情一振。

海底的自然景观美不胜收。珊瑚礁发育得很好，成片的丛生盔形珊瑚犹如春天的灌木丛，红的、绿的、紫的交相辉映。脑状珊瑚、蜂巢珊瑚、鹿角珊瑚、滨珊瑚有的横卧，有的凌空，层峦叠嶂。软珊瑚和海葵柔美多姿。肥叶海藻、细叶海藻随波拂动。蝴蝶鱼穿梭在珊瑚礁中，似乎正玩着捉迷藏。

珊瑚虫卵漂浮着。是的，它太小了，肉眼很难看到，但凭皇甫晖的经验，大致能分清哪些是浮游生物，哪些是珊瑚虫卵。

◀ 从左到右：丛生盏形珊瑚、盘枝鹿角珊瑚、波形蔷薇珊瑚（杨剑辉拍摄）

它们已然受精，小小的圆珠闪着难以察觉的晶亮。

她指到哪里，小笪拍到哪里。

小袁很兴奋，受精卵比例很高。

接下来的每一天，皇甫晖团队都要去 3 号海域观察珊瑚虫卵的变化情况。

第三天，他们看到珊瑚虫卵已经出苗了，因为它们不再随波逐流、浮浮沉沉，而是自己可以行动了。它们时而游走，时而小憩，犹如精灵漫游。任何生命有了自行运动的本领，也就迈出了成长的重要一步。

此时，实验站里的珊瑚虫苗也已经有 0.2 毫米大了，一个个划着绒毛般的触手。此时，它们体内已呈现出一些隐约的斑点。是虫黄藻吗？这是它必须寻找到的生命共同体。如果是，是它从母体中带来的，还是虫黄藻自行进入的呢？

第四天，皇甫晖已经能稍清楚地看到珊瑚虫了。它们有的仍在漫游，有的已附着到珊瑚藻上。珊瑚藻是黏合剂，是形成珊瑚礁必不可少的藻类。珊瑚虫苗生存的条件，第一是必须与虫黄藻共生才能得到营养，第二是必须找到立足之地，才能将生命之根扎下，有自己的生存空间。虫黄藻可以从母体中带来，所以不需要担心，现在珊瑚虫苗漂来漂去，是在寻找立足处。从观察到的情况

来看，一些珊瑚、珊瑚礁上已经有了附着，有的附着数较大。

什么样的珊瑚藻、珊瑚礁能吸引珊瑚虫苗来安家落户呢？换句话说，珊瑚虫苗喜欢在哪里安家落户？皇甫晖明白，这是珊瑚生态学的重要课题，更是实施“封海育珊瑚，植珊瑚造礁”的关键。

此时，实验站里的珊瑚虫苗已经长到0.4毫米了，珊瑚虫苗的附着情况也与皇甫晖在3号海域观察到的基本一致。

皇甫晖将两边情况对照后，决定明天再下海看看。虽然科学结论并不能仅仅根据一事一地来得出，但经验的积累对当前的工作有指导意义。

今天的海况仍然不好，浪高近两米，灰色的云时而将阳光遮去，大海时而阴沉。但时不我待，皇甫晖仍以她惯有的勇往直前的精神，决定出海。她要小笪待在岸上，毕竟他是聘来的潜水员，没有义务跟他们去冒险。尽管说得很委婉，却遭到了小笪的强烈抗议：“我不是团队的一员？你一个女同胞都敢，我一个男人为什么不敢？疍家人以大海为家，见过他们怕海吗？要不要我立个生死状？”

见状，小袁连忙说：“小杨没来，要想得到好的影像资料，只有靠小笪啦！”

皇甫晖只好同意，再一次检查了安全措施，就起航了。

3号海域的风浪比港口似乎更大一些。皇甫晖叮嘱了船长几句，就下了海。

小袁紧跟在她身后。海面上风浪大，但潜入深水后，反而平静了不少，只是涌流有些捉摸不定，人像在荡秋千。皇甫晖再一次示意：千万别拉开距离。

于是，几人小心翼翼地观察周围，不久，他们就发现大多数珊瑚虫苗都已着床，开始了安家落户的生活，只剩一小部分还在浮游、寻找。那漫游的姿态，像精灵们在追梦。皇甫晖心中油然涌起想写诗的冲动——这是一首极具浪漫情怀的追梦之诗，也是一首生命之诗。不禁使人想到哲学家最经典的命题：我从哪里来？我要到哪里去？

她看到洁净的珊瑚藻上已附着了较多的珊瑚虫苗。礁石上，珊瑚虫苗纷纷占领了没有活体珊瑚的空地。但在涌浪掀起泥沙、海水有时稍稍浑浊的礁石上，却根本没有珊瑚虫苗的踪影，甚至有的珊瑚虫苗一碰浑浊的水，立即转身游走。依傍活体珊瑚安家的也不少，或许它们原本就是一个家族的。

巡视了一圈后，她已对这个区域有了大致的印象，也有了一些判断。现在，她还要再去一个地方，那里复杂的地形造就了多样的环境。她要去那里看一下珊瑚虫苗的发育情况。

他们朝那边进发。海底也和陆地一样，有平原、丘陵、山地、峡谷等不同地貌。现在他们面前的就是类似峡谷的海沟。他们试图越过它，可没想到那里水深，从海底涌出的一股涌浪一下子就冲散了队伍。皇甫晖努力保持方向，尽量向小袁他们靠拢，奋力向目标区游去。

小袁突然察觉周边的水流有些异样，刚转过头，就看到头灯亮光所及处是一张大嘴，上下两排白森森的锋利牙齿正向他和小笪冲来。他吓坏了，幸好还算镇静，没做出什么夸张动作，那个庞然大物只是慢条斯理地擦着他游了过去。

小袁和小笪刚浮出水面，就看到露在海面上的三角鳍。

小笪惊得手足无措，本能地，他退回到海沟这边。小袁见背鳍游远了，才向皇甫晖发出信号。其实，皇甫晖在寻找失散的队伍时，就已经看到了鲨鱼。

现在，它虽已远去，但威胁仍在。是继续作业，还是放弃这难得的机会？这真是让她难以决定。

突然，那条大鲨鱼又游回来了。刚看清它的背鳍，那灰青色的脊背就现了出来，接着是巨大的扁形头和雪亮的牙齿……海面上响起一片惊呼。

皇甫晖看到小袁他们已游近了小船，悬着的心才稍稍放下，才意识到自己应该怎样行动。显然，若是冲过海沟，回到小船，很可能与它遭遇。与其这样，倒不如静观其变，反正采取哪种行为都是冒险。当然，她也自恃两年水族馆的工作没白做，那儿就饲养了一条身型较小的鲨鱼。

她看到船长有意要将大船开来救她，连忙发出制止的信号。小袁明白，若是机器轰鸣，难保不惊动鲨鱼。受惊的鲨鱼会怎样，谁也无法预料。船上的人心急如焚，可又不敢轻举妄动。

海上的她在浪潮般的紧张、惶恐过去之后，一面紧紧审视着鲨鱼的一举一动，一面在脑海里搜索着鲨鱼的种种——它平时喜欢在中、上层海区猎食，有意无意将背鳍戳出海面，好像在说“大王我来了”，宣示着自己的存在。可它今天怎么是从海沟深处冲出来的？

“不好！鲨鱼向她游去了。”小笪说着，就想下海。

小袁毕竟老辣些：“你能打败鲨鱼？要是能去，船早就开去了。”

眼见鲨鱼向自己游来，皇甫晖不害怕是假，但她没有做出强烈的反应，只是抽出潜水刀，紧紧握在手里。

奇怪，鲨鱼并没接近她，只在距她四五米开外游出一个圆圈，又游出一个圆圈，似乎每圈都要小些。是在寻找机会攻击，还是打量从哪里下口？水族馆中的鲨鱼有时也会围着食物打量一番。

有个细节她看到了——一条青鱼竟然从它嘴边溜了过去，其实，它只要稍稍一动，那青鱼肯定就到它肚子里了。后来，又有一条红鱼也是这样。

难道它正处于饱食期？渔民们都知道鲨鱼在胀饱后很慵懒，斗志全无。她曾听说过一个故事：一对兄弟发现一处礁盘上的鲍鱼特多，特肥，可鲨鱼却赖在那里不走。鲍鱼经济价值高，不捞吧，舍不得，捞吧，有鲨鱼。还是弟弟足智多谋，将捕来的一大筐鱼全倒了下去。鲨鱼吃饱了，鲍鱼被他们捡走了。

皇甫晖想，若真是这样，当然很好，这里的工作再有二三十分钟就完了。正想潜水时，却多了个心眼——它的游姿和神态不像饱食后的安逸，倒有些烦躁、不安。

它怎么总是围着她转？是在寻求抚慰，还是遭到伤害，前来求助？水族馆的动物就表现过这些情绪。

可她仔细审视，鲨鱼身上并没有受伤的痕迹……咦，不对呀，它的嘴怎么总那样张着，龇出锋利的牙齿？是在吓唬敌人吗？但也用不着焦躁不安呀！

有个火花闪电般地在她脑子里闪过，照亮了谜团。不，不，还要再观察观察！考察任务固然重要，但人命更加宝贵。

她看清了。鲨鱼的嘴一直没有合过，即使是习惯，那也早就骨酥筋酸了。

她在心里笑了，做出了大胆的决定，立即高喊："下海！到我这边来！"

看到船上的人不明究竟，谁也没动，皇甫晖又可着嗓门呼叫："快下海吧，危险解除了！鲨鱼的嘴合不拢了！"

见船上的人不动，皇甫晖优雅地朝鲨鱼游去，而后在它身上抚摸、挠痒，慢慢地向嘴边移动，在上颏、下颏处抚慰。但她双眼一直紧盯着那两排锋利的牙齿，若是无意碰上，非拉开血口不可。她知道鲨鱼是动物中换牙最频繁、次数最多的。像大象每天要吃掉几十千克的植物，牙磨损得比其他动物厉害，一生要换五六次牙，而鲨鱼，几十天就要换一次牙。

小袁、小笪来了，趁皇甫晖安抚鲨鱼，两人连忙将这个区域的工作完成了。

直到大船开动，鲨鱼还恋恋不舍地跟着。

船上，潮水般的问题向皇甫晖涌来，她笑眯眯，神情狡黠地招架："我常说，追我的人多了去了！这下信了吧？"

"你现在有资格神吹！才见到它时，怎么也吓呆了？"

"是我一时没弄清！"

"它得了什么怪病，合不拢嘴啦？"

"是高兴啊！不是常说'笑得合不拢嘴'吗？"

"别神吹了。说吧，让我们也长长见识。"

问急了，她又用"天机不可泄漏"搪塞。这样的搪塞太苍白，谁都不依不饶。她只好说："当个智力游戏吧。该我问了：谁知道它为什么合不拢嘴？从医学上思考。"

"给鱼骨卡的。"

"神经麻痹。"

"说到点子上了。那它的神经为什么被麻痹？"

"产生了病变。"

"再想想，有没有别的可能？"

"食物中毒。"

"对，就是食物中毒！"

▲ 石笔海胆（杨剑辉拍摄）

"若是食物中毒，怎么还能游动？就这么巧，刚好嘴中了毒？"

"真相就在你的问题中。进食的第一道关口是嘴，若食物有毒，它一定是先中毒的。看这个情况，应该毒性不小。毒性发作时，正巧它张着嘴，所以就被麻得合不拢嘴了。再根据它是从海沟游上来的，可以推断，含毒的应该是条鱼，很可能是底栖动物，如舌鳎鱼。它的皮肤会分泌毒素，若是吃了它，就会出现这种症状。"

听完她的话，大家又是钦佩，又是赞扬，直闹得她红了脸："太夸张了吧！就这么一件小事，值得上纲上线吗？"

小袁感慨："科学、理智的冒险才是真正的勇敢，不然就是盲动、鲁莽了。"

"跟你们出趟海，长了不少见识。古人说，读万卷书，行万里路，说的就是这个道理吧！"船长说。

我和李老师去过几次他们的野外实验站。

皇甫晖科研团队将它设在永兴岛，其主要任务和设在三亚鹿回头的野外实验站基本相同——根据研究项目，同时进行野外考察和室内研究，两相比较，得出科学的数据，保障课题和项目的顺利进行。像珊瑚虫的产卵、孵化、生长、移植、繁育等，都是野外考察和室内研究同时进行的。

第一次去实验站，只是与陈司令去看他的朋友玳瑁，玳瑁的精彩表演吸引了我们。等陈司令让小张把他的宝贝都拿出来展示展示，我们才大饱眼福。

那是一个水池，里面悬挂着一块块褐色礁石，非常奇怪。在海边，我们见过养殖牡蛎的，也是用绳索将它们吊在海中。可这些只是一块块礁石啊，干吗要吊它们？

小张大概看出了我的猜疑，说：“试试，能不能看到水里游动的东西？”

我看了半天，也没新发现，于是很没自信地说：“好像有些小沙虫、浮游生物吧。”

“你观察得很仔细。再看看这些悬挂的礁石的特点。”小张微微笑着，从工作台上拿起一块和悬挂的礁石相似的褐色礁石。

经他一提示，李老师说：“它的前端是乳白色的，晶莹闪光。难道这种石头能长？你们是在培养一种能长的石头？”

李老师喜欢有特色的石头，家里存放着她从珠穆朗玛峰、柴达木盆地、帕米尔高原、黄河源头、印度洋等地捡来的各种美石。她说要办个小型展览，给孩子们讲每一块石头的故事。

经她一说，我才从这个方向去想。

“李老师说得对，它们确实是能长的石头，但不是喀斯特溶洞中历经千万年长出的石笋。”小张很得意这种启发方式，乐得像个孩子。其实，他也只有三十刚冒头的年龄。

“那荧荧闪光的，真是它自个儿长出来的？”李老师更惊奇了。

“对极了！这就是珊瑚虫的伟大作品。实验站从大海中采集来珊瑚虫卵，看它怎么孵化。孵化出珊瑚虫苗之后，要取出绝大部分投放到珊瑚贫瘠的海域，让它们在那里生长繁育，实施‘植珊瑚造礁’计划；剩下的留在实验站，要观察珊瑚虫苗如何运动到礁石上，如何生长、发育，再和海洋中投放的珊瑚虫苗进行比较，找出‘植珊瑚造礁’的最佳方案。”

“你们是为了研究珊瑚？”李老师说。

小张很自豪：“其实，珊瑚虫很小，肉眼很难看到。在显微镜下，就美妙极了，呈圆筒状，围着口器长有细细的小鲜肉触手。看它在海中浮游，比浪漫抒情诗还要美丽，还要朦胧。你们看到的五颜六色的珊瑚，只是珊瑚虫的外骨骼。别看珊瑚虫小，却很有智慧，它一选定安家落户之所，便分泌出一种物质建筑城堡，使自己安全、安逸。”

“它不把骨骼长在身体内，却长到身体外？神了！”李老师说。

“不错。一代珊瑚虫走完了生命历程，就留下外骨骼，新生的一代又成长起来，生生不息，繁衍不止。它们喜欢集群，经过千万年，外骨骼就越积越高，有的终于露出海面，成了海岛。我们脚下的永兴岛就是珊瑚礁岛。西沙群岛的几十个岛，绝大部分都是珊瑚岛。”小张说。

我在心里赞叹着生命创造出的伟大奇迹！

“它们怎么会五颜六色呢？”李老师很好奇。

“珊瑚虫一定要和虫黄藻共生。虫黄藻是植物，利用光合作用，制造营养，排泄的废弃物刚好是珊瑚虫所需要的；而珊瑚虫的排泄物刚巧又是虫黄藻所需要的。这是共生关系。珊瑚缤纷的色彩，是由不同的虫黄藻决定的。”小张说。

“太富有哲理了！如果人类能悟通其中道理，大约就不会有战争了。小张博士，它们用了多长时间，长了这么一节？”李老师说。

“也就一个多月吧，时间长一点，会长得更快。珊瑚也有幼年、青年和老年时期。”小张说。

“实验站的成绩能说说吗？不保密吧？”我关心的是这方面。

“说成绩不如说经验。比如这种悬浮式育苗吧，就对我们‘植珊瑚造礁’很有启发。珊瑚虫只生活在洁净的水里，悬浮式育苗可以避免沉积物的覆盖，削弱海水流动引起的浑浊泥沙对它们的影响，同时珊瑚的大克星长棘海星也爬不上去，这样，便有利于珊瑚虫幼年期的发育和成长。我们在三亚采取了这种育苗方式，已经取得了比较好的效果，正在推广哩！”小张很自豪。

小笪的故事

小笪几次想找皇甫晖，可不是人多，就是她在忙。今天，他终于瞅到了机会。原本他们今天的任务是将最后一批实验站孵化的珊瑚虫苗投放到珊瑚礁贫瘠区，紧张了这么多天，大家都想放松放松，可小笪却轻松不了，心里像压了块石头。

皇甫晖坐在甲板上的矮桌边，泡了壶功夫茶，披着月光，吹着海风，轻啜慢饮，闲适、惬意……小笪不忍心马上过去。这些天，她太劳累了，无论是精神上还是身体上。原以为海洋考察很诱人，但谁又知充满了危险。他甚至不明白她的父母、先生怎么忍心让她从事这种工作。小笪心里的石头太沉重了，再说,工作已近尾声,后面已没有他的事了。可他还想再等等。

小笪是疍家人。北方人大多不知神秘的疍家人，南方人则对他们充满好奇。其实，疍家人不是一个民族，而是汉族一个特殊的族群，主要聚居于广东、广西、海南等省的沿海地区。清朝光绪年间的《崖州志》称："疍民，世居大蛋港、保平港、望楼港濒海诸处。男女罕事农桑，惟绩麻为网罟，以鱼为生。

子孙世守其业……”这说明，疍家人是沿海地区以船为家的居民的统称。有人认为，他们的船小，犹如蛋壳漂浮于海浪之上，因而称他们为“疍民”或“疍家人”。也有人认为，他们是古越族的后代，是天生的航海家。虽然众说纷纭，但不难看出，这个族群的主要特点是以船为家，以打鱼为生。

小笪家在海南陵水新村港。如今这里已挤满了鱼排，既做海水养殖，也做水上餐厅。这里就是疍家人后代的聚居区。今天他们的生活与历史的记载已有了巨大变化，但若仔细观察，尚能寻到疍家人文化的传承。以服饰为例，以前，这里的男女多穿唐装，尤爱美玉，象征着对于幸福、吉祥的追求；现在，服饰虽已现代化了，但姑娘们对碧玉和翡翠的喜爱依旧，她们爱打“脑髻”，耳上吊着金色细链，细链上缀着翡翠环，金光闪闪，碧玉荧荧，犹如清晨的大海，洋溢着妩媚、灵秀。疍家人以大海为家，以波浪为伍，足见其勇敢、勤劳、坦诚。在封建社会，他们是弱势群体，受尽欺凌，甚至有明文规定不准其上岸居住。但他们用自己的智慧围海养殖，还创造了咸水种植法。

小笪选择了专业潜水，也就继承了疍家人的传统。疍家人尤其看重诚信。正是这一点，让他心上压了一块沉重的大石。

他终于鼓起勇气走到皇甫晖面前，皇甫晖给他倒了杯茶。

“我是来向你坦白的。对不起，有件事一直瞒着你。”

▲ 斑星蔷薇珊瑚（杨剑辉拍摄）

▲ 穗枝鹿角珊瑚（杨剑辉拍摄）

小笪说。

“喝茶。太夸张了吧，轻松点。别吓我。我还有事要感谢你哩！”皇甫晖没有一丝惊诧，依然平静如常。

“真的，我要坦白。我心里难受。我违背了疍家人的诚信。”小笪说。

“干吗这么严肃！披着月光，吹着海风，喝喝茶，说说家常话，不是很好吗？”皇甫晖说。

小笪心里像打翻了五味瓶：“你还记得那次发现大片黑珊瑚的事吗？”

“它是珍贵的品种，不记得是假话。你不是又回去补拍了些镜头吗？我很高兴你很敬业。”她说得很诚恳，看不出丝毫做作。

听她这么说，小笪更是愧得慌：“可那是我受人之托。是珠宝公司吴老板，你认识的，他要我把你们发现红珊瑚、黑珊瑚、金珊瑚的位置告诉他。”

“你不是没对他说吗？还差点砸了饭碗。这正是我要感谢你的。”皇甫晖说。

“可我差点说了。”小笪说。

“疍家人把诚信看得比命都重。我很敬佩！”皇甫晖说。

“可我还是差点说了。”小笪说。

“君子爱财！追求财富并不为过。”皇甫晖说。

“可后面还有‘取之有道’呀！我差点就铸成了大错。”小笪说。

“你也说了是‘差点’。善与恶有时就在闪念之间。”

这像在讨论哲学问题了。

“你不想知道我为什么没说吗？”小笪说。

“这还用说？”皇甫晖笑了。

“要说！原来我以为你们是寻宝的。你们对这些珠宝级的珊瑚最清楚。就说那片黑珊瑚吧，要是拿到市场上，你们个个是富翁，可你们连采集标本都要费那么大功夫，只去找已断在海底的残枝。这不像端着金碗去讨饭吗？你们冒那么大的险下海科考，海况恶劣不说，遇到鲨鱼也不放弃，一心一意只做研究，为的是什么？我渐渐明白了，是为了科学，为了保护大海，为了子孙后代。我们疍家人最容易体会海洋和人类的关系，所以之前的事我万分愧疚，也真庆幸跟了你们这么多天！”小笪感慨地说。

“你对我们的理解让我很高兴。你要说的事我都知道。真的，小笪，我很感激你。你还曾提醒过我要提防那个吴老板，你差点为这事丢了工作啊！当时我就想，要是你被解雇，我就把你请来，跟着小杨当学徒。怎么样，压在心上的石头落下了吧？”皇甫晖说。

小笪原以为这是一场艰难而痛苦的谈话，但不知是因为皇甫晖的睿智大度，还是自己的真心吐露，他心中的郁结像被一阵大风吹走，进而是前所未有的轻松。小笪感到了做人的尊严。

短短的谈话中，隐藏了一个海洋反盗护宝的神秘故事，如果搬上屏幕，肯定是一个惊险大片。

还是那个鹿回头？

建立自然保护区是为了保护生态，保护物种基因库，建设生态文明，以保障人类的可持续发展；从另一方面来说，也是人类对破坏自然的忏悔。

三亚珊瑚礁国家级自然保护区于 1990 年建立，是我国第一个国家级珊瑚礁自然保护区，位于海南省三亚市南部近岸海域，总面积 85 平方千米。

徐闻珊瑚礁自然保护区位于广东雷州半岛的西南部，原为省级珊瑚礁自然保护区，后为皇甫晖带领团队考察，于 2007 年晋升为国家级自然保护区。

皇甫晖将我国珊瑚礁分为三种类型：大洋典型分布区，如南沙和西沙；过渡区，如海南岛沿岸；北缘区，如华南沿岸。对承上启下的过渡区，她有格外的关注。

三亚是我国著名的旅游度假胜地，那里的珊瑚礁生态系统是一道如梦如幻的风景线，是潜水运动的佳境，是人们梦寐以求的向往。

2006 年至 2008 年，皇甫晖率队到三亚考察，调查的结果令她忧心忡忡——专家们估计，我国近岸珊瑚礁已缩减 80%，也包括三亚的珊瑚礁，特别是与 1963 年至 1965 年的考察结果相比较，其现状堪忧。

1963 年至 1965 年的考察是皇甫晖的老师邹教授带队完成的。那时的珊瑚礁欣欣向荣，覆盖率高，在最好的海域竟达到了百分之八十几。为什么在建立了保护区后，情况反而愈来愈严重了呢？

首先是人口的增加。20 世纪 50 年代，三亚只有 2000 多人；1990 年，发展到 10 万人；2008 年，拥有户籍的已达 54 万多人，而过夜游客竟有 600 万人次之多！城市污水、垃圾统统向大海倾泻，加上过度开发，造成了严重的污染。

其次是过度捕捞，特别是非法炸鱼炸礁，对珊瑚礁造成了极大破坏。

再次是海水污染造成了珊瑚的天敌——长棘海星大暴发。

更为严重的是保护措施不到位，保护区管理条例形同虚设，保护的人少，破坏的人多，多年保护的成果常常毁于一旦。

考察中，甚至有人提出：三亚的珊瑚礁还有保护的价值吗？

皇甫晖却有自己的观点。她特别注意到三亚珊瑚礁中珊瑚小个体的补充量高，也没有发现珊瑚病害和高死亡的现象，说明三亚珊瑚礁有良好的补充来源。一旦海洋环境适合珊瑚生长，珊瑚礁的恢复是有希望的；再加上她将实施的“封海育珊瑚，植珊瑚造礁”，珊瑚礁的恢复将大有希望。

鉴于此，考察队提出了十二点应对措施：

首先是当地政府应认识到保护珊瑚礁的紧迫性，失去珊瑚礁这美丽的风景，旅游城市的光环将大为失色，殊不知“绿水青山就是金山银山”啊！应有决策，应有壮士断腕的勇气，解决开发与保护的矛盾，把保护工作放在首位。

其次是要加强保护区的管理，严格执法，将规章、条例落到实处。特别是要加强珊瑚的监测，因为珊瑚生活在海中，不易发现问题。

……

2015年的3月，我们跟随小袁、小李再去三亚考察。那里有他们的野外工作站和恢复珊瑚礁的实验基地。其实我第一次到三亚是1983年，那次是参加对尖峰岭热带雨林、霸王岭黑冠长臂猿、大田坡鹿及红树林自然保护区的考察，以后也去过多次。

到了三亚，第一眼就让我感到触目惊心——白压压的一片船只组成的游艇码头就摆在三亚河入海口附近。三亚河原本就不宽，这个码头至少占据了河道的三分之一，其外靠海处还有一个更大的游艇码头，游艇也更多。

小袁博士说，这些游艇价格不菲，每艘都在几百万、几千万间，甚至还有上亿的。能购得游艇的，当然得有一般人难以有的财力。记得1991年，我在法国的尼斯海边也看过很多游艇，当时的我一面赞叹富人之多，一面想自己祖国的海湾何时才有这样的景象。然而此刻，当我看到这些游艇时，我的心里却很矛盾——一面赞叹着经过20多年的奋斗，国强民富了，一面却对它破坏海洋环境感到深深忧虑。我想起在永兴岛上，皇甫晖接电话时的冷峻神色，很可能说的就是这两座码头。码头离居住区确实很近，但在方便游艇主人的同时，是否考虑到对自然——人类赖以生存的根本——的破坏！

我们往野外实验站赶。它在鹿回头下的海边。

1983年，我第一次来海南时，就曾拜访过鹿回头海边的珊瑚、坡鹿。那些美丽的生命给我的震撼至今还激励着我在山野里跋涉。

《鹿回头》是黎族流传的民间故事，讲的是一位猎人与鹿的故事。

于是，我沿着想象中当年那位年轻猎人逐鹿的足迹一步步登山。到达山顶，悬崖下是波澜壮阔的大海。

故事说，猎人将鹿追到了悬崖边，那鹿却蓦然回首，在九色光晕中变成一位美丽的少女，刹那间感动了猎人，于是两人倾心相爱，并结为夫妻。

生命的美丽战胜了残酷的猎杀。

人们都说鹿回头故事中的主角就是坡鹿。它珍贵稀有，海南省为它建立了两个保护区：一在大田，一在邦溪。可等我们到了邦溪后，却怎么也寻觅不到坡鹿美丽的身影。最后，他们才告诉我：这里的坡鹿已被偷猎者赶尽杀绝，连保护站的人也被打伤。

多年之后，我在柴达木盆地也听到过相关的故事。那是麝的故事，它也是鹿科动物，但结局却大不相同。

小杨是我们去沙漠考察胡杨林的向导。柴达木曾是野生动物的家园，野驴、羚羊、麝、野骆驼有很多。可我们穿越盆地时，却根本没见到这些狂野的生命。后来，我在胡杨林中发现了麝的踪迹，那份喜悦之情可想而知，足以把烈日的烘烤、缺水的干渴、吃人不吐骨头的沙窝的危险、迷路的凶险置身事外。人们知道西部的古丝绸之路，却很少有人知道同时还存在着一条香料之路。柴达木盆地就在这条路上，曾以盛产麝香而闻名。据说意大利的旅行家马可·波罗就是以贩卖麝香成为巨富的。

麝是美丽、弱小而机警的动物，体型比梅花鹿、马鹿要小，与毛冠鹿、黑麂大致相当。它被人类看重的是肚脐与肛门之间生有的香囊，香囊中装的就是麝香。麝香是动物香料之王，其香沁心透骨，悠远而长久不变，至今还是法国高级香水的定香之物。我们常说的书香，就是因为著名的徽墨配方中有麝香、冰片之类，而古代刻版印书用的当然是徽墨，有了墨香才有书香。另外，麝香

▲ 泡囊珊瑚（杨剑辉拍摄）

也有很高的药用价值，有活血化瘀、疏络开窍的功效，是治疗心血管病的特效药。正因为它对人类有如此大的贡献，才遭到灭顶之灾。小杨说，当年在市场上，麝香是摆摊卖的。但没几年，麝香的价格已飞涨到与黄金同价，也愈来愈少，直到我们去时已见不到野生的麝了。

可是，当我发现麝的踪迹时，小杨总是编造各种理由，说那绝不可能是麝，因为它早已被偷猎者赶尽杀绝了。可我硬是凭着自己的山野经验，在经历种种危险之后，终于看到了隐匿在胡杨树冠上的雄麝。我领悟到“野火烧不尽，春风吹又生”的真谛，也意识到这是很多年保护工作的成果！

小杨是位聪明人，当然发现了我对他“骗”我的疑惑，于是说了他的故事：

他在当知青时，是一个狂热的猎手。他发现了一头雄麝，从它留下的油桩等踪迹看，是只体格健壮的大家伙，香囊肯定大。雄麝似乎也发现了他，就是不和他照面。费尽周折，小杨终于逼它现身了。就是那闪电般的一瞥，他证实了自己的估计，决心要把它拿下。

雄麝有足够的聪明才智与猎人周旋，但是在经历过多次挫折之后，它终于被小杨逼到了绝崖上，下面就是空谷。雄麝没有恐惧，没有惊慌，只是高昂着头颅，浑身闪耀着金色光芒。

就在小杨准备开枪时，一头雌麝却自天而降，挡在雄麝的前面。梅花鹿也有这样的习性，当雄鹿被猎人追得无路可走时，常有母鹿神不知鬼不觉地来和雄鹿相伴，搅乱蹄印，掩护雄鹿逃路，或为雄鹿遮挡子弹。

小杨说：“雄麝坚决把雌麝推开，回头朝我狠狠盯了一眼，又深情地瞥了一眼雌麝，慢慢转过身去，提起后蹄，飞快地轮番在肚子上掏挖。那正是香囊的部位。鲜红的血在阳光下飞溅，红得耀眼的血肉掉了下来。它没有痛苦地尖叫，只是无比愤怒，疯狂地用蹄子辗碎掉下的香囊和破碎的血肉。它对我狠狠地剜了一眼。那眼神怒火熊熊，充满仇恨，无比犀利，直戳我的心窝。还未等我回过神来，它昂头长啸一声，向前纵身一跃，在天空留下一道愤怒的身影……雄麝毁香跳崖了！我瘫倒在地，大汗淋漓。我将心爱的猎枪砸了，砸得稀巴烂！”

生命是如此悲壮！

小杨现在是野生动物保护协会的会员，与其他成员一起守护着麝。

下车后，我们穿过了几条巷子，才到海边的实验站。我真的傻眼了。

“这是鹿回头吗？”我问。

“怎么不是！”小袁说。

哪里还有三十多年前的样子？那时，这里有条路，很远的地方才有零星的房舍，离路最少三四十米才是沙滩和大海。

我一直记得三十多年前的那片海滩和那片美丽的珊瑚。那时，大海对我的诱惑是无边无际的蔚蓝，是沙滩上五光十色的贝壳，是一首豪放与婉约相融的诗。

那一天的傍晚，我独自拎着贝壳和珊瑚。贝壳拾了不少，可珊瑚呢，总也没找到像我拥有的那样完整的——海南的亲戚曾送我一株珊瑚，其形如雄鹿头上的茸角，整体洁白荧荧，妙就妙在基部一片绛红，鲜艳欲滴。我爱不释手，特意做了个架子放在案头，照亮了那时我的灰暗生活……

不觉中，走来了个小男孩，只穿了短裤，黝黑的脸膛，黝黑的脊梁，像是上天派来的天使。长长的沙滩上只有孩子和我。他用海南普通话说："叔叔，这些珊瑚都是风浪打上来的，是死的。鲜活的都在大海里。你一定是从北方来的吧。明天早上你来，我带来下海的镜子，我们一同去看真的珊瑚。"说完，就提着小鱼篓走了。鱼篓里是他钓到的鱿鱼。看来，他已经观察我很长时间了……第二天，我如约去了。在他的带领下，我看到了美丽的海底花园，红的、绿的，都是盛开的珊瑚，虽然我区分不了它们，但多姿多彩的形象已够我心花怒放了。

可现在，这里全是造型不一的房舍，钢筋水泥已切断了这里和大海的相连。路没有了，沙滩也只剩下三四米。海边被填，还筑起了高坝，防止潮水。

人类总是掠夺着其他生物的生存空间。

我虽在辽阔的大海边，却感到无比压抑。

听皇甫晖说，二十多年前，鹿回头海域的珊瑚礁非常繁盛，覆盖率高达 80%；可前几年，这片海域的珊瑚礁已沦为重灾区，覆盖率降到百分之二三十。我很难相信，但看看发生剧变的鹿回头，就不得不相信了。

我收拾好心情，进了实验站。里面很大，摆满了各种养殖缸。这时，门前一个水缸突然有了动静。靠近一看，原来养了一只玳瑁和一只海龟。把这两个性格迥异的朋友放在一起，故事还能不多？它们都是一个大家族的，属海龟纲，因而常有人将玳瑁误认为是海龟。其实，玳瑁性格暴躁，凶猛，而海龟成年后，虽然体型是玳瑁的一二十倍，却较温驯。

“快看玳瑁的脖子！”李老师惊喜道。

啊，它脖子上有条明显的疤痕！我也乐了，大有他乡遇故知的喜悦。

“这不是当年陈司令救的玳瑁吗？”我说。

小李只是憨憨地眯眯笑。

“是你把它从西沙带来的？为什么没放回大海？”李老师问。

“放了！可大概是在实验站待久了吧，还不适应野外的生活，经常回到海边，还往沙滩上爬。阿山认识它，担心被游客逮走，或者碰到天敌，没过两天就把它送了回来。”

玳瑁外壳很漂亮，近似琥珀色，印有奇妙的花纹，观赏价值高，古人早就将它的背甲做成戒指、手镯等装饰品，并称其有驱热、凉血的功能。正因如此，玳瑁遭到了灭顶之灾。过去，我国沿海常能看到它的倩影，而现在，玳瑁已成了濒危物种。

奇了，我们看了好一会儿，玳瑁和小海龟却相安无事。说它是小海龟，是将它与成年后体重七八十斤的成年海龟比较而言的。其实它与同居的玳瑁相比，并不小。

“嘿，你们发现没，小海龟的眼睛总跟着李博士转！”李老师说。

还真让她说着了，只要小李一动，它的眼神就追着他。小李站在哪里，它就含情脉脉地看到哪里。

“它是我捡回来的。去年我在西沙七连屿考察时，看到一窝海龟蛋不知被什么动物扒开了，一片狼藉。我仔细翻，竟然还有一枚蛋完好无损，就带回来人工孵化，所以它跟我特别亲。不像玳瑁，动不动就发脾气。”小李说。

▼ 被陈司令救下的玳瑁（李珍英拍摄）

实验站主要承担室内的实验，他们好几项重大课题都是在这里进行的。

我们走出实验站，继续聊。小李指着一艘大船说："看到它旁边的网箱了吧？是养殖户养石斑鱼的网箱，面积有三四百平方米。这种网箱过去多是固定的，现在先进了，有船拖着走，一有机会就开到保护区的核心区，等到你发现去驱赶，它才慢慢地拖走。这样的活动性网箱不少，破坏性不容小觑：一是它面积大，遮去了珊瑚生长需要的阳光；二是它里面投放的饵料污染了水体，富营养化造成藻类的暴发。虽然珊瑚礁的形成离不开藻类，但有的藻类疯长却直接危害珊瑚的生存。我正在研究的绿藻过去在三亚很难发现，可现在却经常暴发。你们再往前走一点就能看到了！"

真的，海边一片翠绿！它们有的浮在水面，有的黏在礁石上。我在青岛海边见过浒苔暴发，铺满了海面，乍看还以为是一道风景。可一旦知道它对海洋生物的危害，便会使你毛骨悚然。

小李说："珊瑚生活在海底，它的状况不易监测。但你们只要在这里——鹿回头，原来珊瑚礁发育得最好的地方——看看游船和网箱养殖，就能推测出这里珊瑚的生存状况了。"

正说着话儿，一条大游轮从保护区开过。据小李说，那上面总有一两百游客，都是到旅游景点进行潜水、海底观光、摩托艇、空中拖伞、滑水等娱乐活动的。不久，又是一艘。不到一个小时，竟有五艘大游轮经过这里。而这，仅仅是从这附近的港口出发的。船上还不时有垃圾抛向海里。

不知什么时候，小袁已做好了潜水准备，他们要去察看人工珊瑚礁的生长状况，慌得我赶紧去换潜水行装。自从在永兴岛看过他们夜潜，我就经常缠着他们教我潜水。好在我从小在巢湖边长大，扎猛子是强项。但他俩还是列举了种种危险不让我去，最后又用"总有机会的"安慰我。

后来，我还是潜到了海底，看到了他们培育的美丽的海底花园。

遭遇轰炸

在参观他们实验站期间，小李还与我谈起了珊瑚的天敌。

其实，珊瑚的天敌并不多，与它争夺地盘的有海藻，将它当口粮的有鹦鹉鱼、核果螺和长棘海星。小李说，他们考察了多年，发现核果螺不太多，它对珊瑚虫也没造成很大伤害，甚至他们发现它只吃健康状况不好的珊瑚。如果今后发现这是普遍的现象，那还要给核果螺平反，因为它起到了清洁工的作用。鹦鹉鱼呢，它长有鹦鹉状的嘴，便于啃食珊瑚礁。

他讲到这里，我突然想起了关于鹦鹉鱼吃珊瑚，我也有过一次奇遇：

那天，我跟欧阳东潜水，突然感到头上有异样。抬头一看，灰白色的颗粒物正如雨一般洒落下来。

欧阳做了个手势，让我往上看。

嗨，一群彩色的鱼正在我们头顶一两米处游动。它们将鱼尾一摆，洒下一粒粒白色的东西。产卵？想要我们代你孵化？哈哈，那我们还得掂量掂量有没有这个本事哩！

我好不容易用手接到两粒，硬碴碴的，轻轻一捻，碎如粉末。绝对不是鱼卵！这要做成鱼籽酱，还不满嘴嚼沙！一千个、一万个不可能！除非是鱼卵的化石。

是海里下沙？还是它们刚刚在沙里打了滚，就像鸡呀鸟呀喜欢做沙土浴，清除身上的寄生虫？再不然就是刮起了海底沙尘暴？怎么可能！刚刚出海时还朗朗乾坤，风和日丽呀！

欧阳用手语让我悄悄地跟在他后面，少安毋躁，千万别做大动作。

欧阳毕竟有经验，他浮在海中，慢慢地跟上鱼群。

我也看清了那些鱼，有的把绿、红、橙色搭配得很匀称，有的却是蓝黄相间。应该前者是雄鱼，后者是雌鱼。

它们在一丛蔷薇珊瑚边停下了。欧阳领我到了侧面。

怎么它们在珊瑚上啃起来了？没看到那里有小鱼小虾呀！紧接着，有珊瑚的碎屑往下掉。不错，它圆钝、隆起的头上长出的嘴像鹦鹉嘴。

我恍然大悟。是鹦鹉鱼！它们正在啃珊瑚。那鹦鹉嘴像是专为啃珊瑚量身定制的，在珊瑚上留下的齿印也很清晰。

怪！难道它们也像鸡一样，要吃点沙粒、小石子，放在肫里磨碎食物，帮助消化？还从未见过哪种鱼长了肫哩，它们只有肠子。或许只是偶尔啃两口，磨磨牙吧！我猜测。

这时，鱼群又洒下一片卵状物。我抢到几粒，用手指一捻，心里一顿、一惊，它们真的在吃珊瑚。

一点也不错，绝不是海水的折射引起的误判，确实是从它们的泄殖腔中排出的，有两只正边啃边拉。可它们怎么消化珊瑚虫呢？

浮出水面后，欧阳看透了我的心思："我们做过解剖，鹦鹉鱼的咽喉处长了一排槽状的牙齿。你见过乡下的石磨吗？磨面上下有凹凸的槽子，石磨转动，把麦子辗成面粉。"

"你是说它们先用上下颌那些细密尖锐的牙齿啃下珊瑚，再用咽喉处的牙齿磨碎珊瑚，然后通过肠道将珊瑚虫的营养吸收干净？"我问。

"对！"欧阳说。

▼ 鹦鹉鱼正在啃食珊瑚（选自视觉中国网）

“它们也和长棘海星一样是珊瑚的死敌？”我问。

“不，它们虽然都在掠食珊瑚，但对珊瑚造成的影响截然相反。长棘海星一吃一大片，暴发期能使大片珊瑚死亡，只留下死白的骨骼。但我们发现被鹦鹉鱼啃食过的珊瑚却长得异常好！它们刺激了珊瑚的生长。”欧阳说。

“像狼群在维系生态平衡、繁荣自然中的作用一样？”我问。

“我们正在研究。”欧阳说。

小李接着说：

“最可怕的是长棘海星。它个头大，身上竖满了棘刺，第一次见它，我就吃了亏，手被刺中，疼了好几天。棘刺是它的防卫武器，有毒。按理说，珊瑚虫很小，又藏在自造的碳酸钙的石头城堡中，谁能吃到它？就是我这样学习海洋生物的，不是亲眼见到，也难以相信。但珊瑚虫是集群生活的，成千上万地在一起，自然会受到长棘海星的喜爱。”

“我吃过它的苦头，也就特别留意它的行动。有一次，我发现它正瞅着一团多孔星珊瑚。它很美，球状，闪着紫莹莹的光彩，像一朵绣球花，但比绣球花大得多。原以为长棘海星应该犹豫一下能否爬上去，或是应该对多孔星珊瑚的锋利棱角有所畏惧，谁知它竟伸出触手，就像一个攀缘高手，只挪动了几下，就轻松地上去了。

“长棘海星调整了一下身子，似乎想要趴得更舒服一些。

“奇怪，它怎么就那样趴着，像母鸡趴窝，一动也不动？……不，没多久，它的腹部就有了轻微的动作……它终于移动了。它又换了处珊瑚……再一看，它刚刚趴过的地方完全失去了紫莹莹的色彩，成了毫无生气的灰白色！而那灰白的印痕分明就是长棘海星的模样。

“眼前残酷的事实说明，它把那一块的珊瑚虫连同虫黄藻吃得干干净净。

“我目瞪口呆。难道它有神功，根本不必用嘴去啃食？

▲ 长棘海星（杨剑辉拍摄）

► 凤尾螺（李珍英拍摄）

“我连忙游过去，用潜水刀将它翻过来——原来它已经将胃翻开，紧贴着珊瑚。看来，只有一种可能：它将胃液注射到珊瑚中，用胃液杀死珊瑚虫，再吸收！它的猎食技巧竟如此高明！难怪这片海域的珊瑚礁遭到如此大规模的残害——白化。这既不是热白化，更不是冷白化，而是‘吃人不吐骨头’的吃法。真令人不寒而栗！

“长棘海星只有在适合的环境中才会大暴发。所谓的大暴发，是指在短时间内，繁殖的速度特别快，数量猛然增加。这当然是环境污染的恶果，生态失衡的恶果！生物是相互制约的。每种生物既是掠食者，又是被掠食者。在生物圈中，失去了相互制衡，就失去了生态平衡，也就形成了灾难！

“长棘海星就没有克星吗？凤尾螺就是它的克星！

“凤尾螺和唐冠螺、万宝螺、鹦鹉螺并称南海四大名螺。它很美，金黄色的身子上缀有黑色的花纹，显得富丽堂皇。成年的凤尾螺体型较大，螺口呈喇叭形。对了，你一定见过佛教做法事时吹的海螺，声音浑厚洪亮，富有感召力，所以又叫法螺。

“我听说过凤尾螺喜食长棘海星，觉得很不可思议。如果说它吃黄海星、蓝海星，那我相信，但长棘海星背上长满了刺，就像个刺猬。难道凤尾螺有什么特殊技能？

“清除长棘海星是个大工程，那时我们每天都要下海找它。

“可凤尾螺嘛，一次都没见过。因为它经济价值高，已遭到滥捕滥杀。

“后来有一天，机会终于来了。那一次，我刚潜到海底，就见一条蓝色的小鱼慌里慌张地游着，身后是只凤尾螺。只见它从螺壳中伸出鲜嫩的肉体，好家伙，像个硕大的肉块，上面的花纹比螺壳上的还要漂亮。它挺出两角，角端有两粒黑豆，那是它的眼。它从容而淡定地爬着……我不由得想，就你这速度，还想追上长棘海星？可转而一想，它的猎物名单中是有螃蟹的，所以肯定另有绝招。

“遗憾，它没去追小鱼，却向长棘海星爬去。旁边有两三只长棘海星正趴在硕大的厚丝珊瑚上。这种珊瑚是叶状的。

“离它最近的长棘海星察觉到了，正准备有所动作，凤尾螺已伸出了触手，搭到它的触手上。长棘海星像触电似的，浑身一颤，立即缩回，接着就像陀螺一样转起身子，躲避着凤尾螺的触手。

“说时迟，那时快，凤尾螺已按住了它。怎么，它不怕又尖又长的刺？不是有句歇后语叫‘狗咬刺猬，无处下口’吗？那细皮嫩肉的触手戴了副钢铁手套？我确实没看清，从长棘海星棘刺倒伏状看，很可能是凤尾螺想法儿把它按下去的。

“凤尾螺对长棘海星的挣扎不理不睬，只是将身子往它贴在珊瑚的体下拱。那肉体伸缩自如，不断变形、调节。长棘海星使劲扒住珊瑚，像抓住救命稻草一般。但它的一切努力都是徒劳。凤尾螺终于用庞大的肉体顶翻了它。它灰白色的柔软的肚皮彻底暴露出来。

“凤尾螺异常从容地压到长棘海星的身上，长棘海星立即成了块肉饼。只看到凤尾螺的肌肉收缩、鼓动。没多长时间，凤尾螺离开了，向另一只长棘海星爬去。珊瑚上留下一堆长棘海星的红刺。

“凤尾螺是以其人之道还治其人之身，也是用胃液将长棘海星液化掉的？当然不是。从长棘海星的遗骸来看，肉被吃得干干净净，只剩长刺。没错，螺类嘴里有齿舌，就像钳工的工具箱，有锥，有刀片，可刺、可刮、可削……就看对付哪种动物。生存之道是如此奇妙！

“凤尾螺的大量减少是长棘海星暴发的重要原因之一！人祸大于天灾啊！

“我们最开始清除长棘海星时，是用刀去砍，不久就发现，这反而帮了它的忙。你把它砍成两块、四块，它就变成两只、四只，全活了，生命力特别强。只有一个笨办法可行——去捡，将它们捡到网兜中，带到岸上处理。”

小李领我们走到另一处，海湾不大，但娱乐项目不少。风景很美，典型的椰风海韵，山上林木葱茏，绿树红花。海水浴场的人也不多。几处半潜海底观光点，人也不多。我正想说这里的开发还算是适度的，珊瑚礁的保护还算好的，就听到小李说：“这里炸鱼厉害。我们几个人在这里差点送了命。现在想起来，都后怕得冒冷汗。”

“那次，我正和小袁带着实习生在这里潜水，清理长棘海星。突然听到轰隆一声，开头没注意，接着又是一声，震得耳膜发胀。我心想大事不好，连忙招呼他们上浮。好在那天潜水的深度只有八九米。浮到海面一看，不远处还有水花在往下落。我们手忙脚乱地爬上船。那些人正在捞鱼，我却吓得一身冷汗。想想看，钢铁打造的潜水艇都怕炸弹，更何况我们这些肉身凡体？吓得我们几天不敢下海！”小李接着说。

是呀，渔民找到鱼群富集区，一炮炸去，几十斤、上百斤的鱼就漂上来了，还用在惊涛骇浪中去捕鱼？可他们绝没想到，一炮要炸毁多少珊瑚礁。没有了赖以生存的珊瑚礁，还能有鱼？

小李说：“我曾在海底看到被炸毁的珊瑚礁有千米长！”

我问：“保护区的管理人员呢？这是非法的呀！”

小李说：“防治大气污染、水污染的法令不是早就有了吗？雾霾仍然频发！偷着排放嘛。再说，保护区管理人员才几个？怎知道渔民在哪个海域炸鱼？执法不严是个严重的问题。我很赞成您说的，关键是要培养人们树立生态道德，只有人们知道应该怎样保护自然，保护我们的命运共同体，并且自觉地践行，才有可能建成生态文明。”

小李说他曾听说一个故事：有位老太太到美国去帮助女儿照顾孩子。她用水冲洗家门前的水泥地。不一会儿，一群孩子围过来对她叽里呱啦说着什么，神情很激动。老太太不懂英语，等女儿回家后就问怎么回事。女儿说，肯定是说你不该用自来水冲地，因为这个州是缺水的州，对于节约用水有很多规定。尽管自来水是你花钱买的，冲地也不允许！这就是生态文化对孩子的影响。看来，我们的生态文明教育也要从孩子抓起，从培育生态文化抓起。现在，很多人都觉得保护生态是环保部门的事，其实只有从每个人做起，只有树立了生态道德，才有可能建成生态文明。

皇甫晖老师在2008年的考察报告中就建议政府和全社会加强生态教育。她甚至组织了一次大规模的问卷调查，了解大众对保护珊瑚礁的认识水平。从反馈的信息看，大众对珊瑚礁生态系统的认识还处于低水平。

我很担忧地问：“现在炸鱼状况有所好转吗？”

小李深深地叹了口气：“在某些地方更疯狂了。”

“还有这样的事？”我很震惊。

“我们往那边走走，可能会让你看到更心痛的事。你不是一直在问螺化玉吗？到那边，可能会看到。”小李说。

拐过山嘴，走到海岸的另一边。这里较为偏僻，大山把脚伸到了海里。我们只得在山岩中寻路。

前面的杂树、草丛中堆满了珊瑚礁，显然是从海里捞上来的。是为了烧石灰？我第一次来海南时，就见过有人将被海浪冲上来的珊瑚礁装车，一问才知道，是用它烧石灰。但这里的珊瑚礁全被砸碎了。再说现在也难见石灰窑了，大多是用水泥。我很纳闷。

小李说再往前走走，有段时间没来这边了。

又发现了六七处，全是砸得粉碎的珊瑚礁。

在我一再追问下，心情沉重的小李才说："你只听说过螺化玉，但绝对想不到它藏在哪里。"

我只知道砗磲又被玩家称作"海玉"，虽然国家已三番五次严令禁采砗磲，但其工艺品依然很多，而且很昂贵，价格一直飞涨。我对啥时又闹出个螺化玉

▼ 刺石芝珊瑚（杨剑辉拍摄）

确实知之甚少。

小李看我满脸的茫然，说："有人无意中从珊瑚礁中得到一个小螺，乳白色，温润，晶莹如玉，很可能是一种化石。它生在大海，更稀奇的是隐藏在珊瑚礁中，很稀有。我曾看过一眼，似乎是管延虫的一种。管延虫喜欢凿空钻岩，在珊瑚礁中觅食，死后就留在其中，成了化石。被玩家得知后，感到有'开发'价值。所谓开发就是热炒，炒到现在市场上一颗螺化玉动辄几百、上千元。那些想一夜暴富的人就开始炸礁了。你看，炸了那么多珊瑚礁，还不知能找到几个！想想看吧，仅仅是我们科研团队就花费了几百万元在这里造礁。有了礁石，珊瑚虫才有立足之地，才能植珊瑚。有人却为蝇头小利疯狂炸礁。这种得不偿失的蠢事也有人干！保护总是跟不上破坏！"

我只能心酸，苦笑，回程的路上一句话也说不出来。

警报：海底躺着核弹

海洋面积占地球的三分之二，是人类赖以生存的蓝色家园，不仅提供各种丰富的资源供人类生存发展，还维护着整个地球村的生态平衡，仅废弃的二氧化碳，海洋就吸收了30%。海洋是一个受到各种物理、化学和生物学过程制约的复杂生态系统，它原本有一套自我净化、维持生态平衡的机能，但由于受到破坏，生态失去了平衡，情况就相当糟糕，演变成环境灾难。

联合国教科文组织下属的政府间海洋学委员会对海洋污染的定义是：由于人类活动，直接或间接地把物质或能量引入海洋环境，造成或可能造成损害海洋生物资源、危害人类健康、妨碍捕鱼和其他各种合法活动、损害海水的正常使用和降低海洋环境质量等有害影响。

大气变化、温室效应当然是造成海洋污染的原因之一，但海洋的污染源主要来自人类生产、生活过程中产生的废弃物，它们以固态、液态、气态三种方式进入海洋。近年来的资料我没查到，但见过二十多年前的一份资料，那上面说，据不完全的统计，每年流入大海的石油约 1000 万吨，氯联苯 2.5 万吨，铜 25 万吨、锌 390 多万吨、铅 30 多万吨、汞 5000 吨，留存在海洋中的放射性物质约 2000 万居里。在我国，仅仅是粗略统计，沿海地区工业废水和生活污水就有 200 亿吨！现在，情况肯定更为严重。

小李心情沉重地告诉我们，海洋污染已到了可怕的地步，给珊瑚礁生态系统带来了严重危害。很多人都不知道现今的海底还躺着几颗核弹，更骇人听闻的是，你不知道它何时会爆炸。

1963 年 4 月 10 日，美国的“长尾鲨”号核潜艇在南非离好望角 408 千米的大西洋海域失事，艇上 129 人全部遇难。核动力燃料、核弹也随之沉入 2700 米深的海底。

1965 年 12 月 5 日，美国的“提康得罗加”号航空母舰将一颗氢弹落在距日本冲绳岛 129 千米处的 5000 米深海，直到 1989 年才为世人所知。因为水太深，无法打捞，至今仍躺在海底。

1966 年 1 月 17 日，美国派出 9 架 B−52 战略轰炸机，准备对一处海上目标实施核攻击。上午 10 时，空中加油机给机群加油时，两架飞机突然发生碰撞，其中一架飞机发生爆炸，另一架飞机的驾驶员见情况不妙，立即推落 4 枚加了保险的氢弹，弃机逃生。飞机爆炸点下面是西班牙一个村庄。4 枚氢弹拖着降落伞落下了，但最后只回收 3 枚，剩下 1 枚不幸落入海中。这颗氢弹当量为 2500 万吨 TNT 炸药，如果发生爆炸，半径 15 千米范围内的建筑物将全部被摧毁，至少会造成 5 万人死亡。经过 3 个月的努力，耗费数千万美元，人们才将它打捞上来。虽然它上了保险，落地不会爆炸，但仍有轻微泄漏，污染了附近海域。

1989 年 4 月 7 日，一艘当时世界上最大型、最先进的攻击型核潜艇——苏联“共青团员”号核潜艇在执行远洋任务的回程途中，经过挪威以北公海时，突然因起火沉没。它携带了 10 颗鱼雷，其中有两颗带有核弹头。全艇 69 人，仅有 30 人被救起。

美国、苏联发生人员伤亡的核潜艇事故已有 20 多次！真令人胆战心惊！

石油对海洋的污染也是触目惊心的。且不说船只的漏油、洗舱水中的油污、海上石油的井喷等，仅运油海轮发生的石油倾泻事故就屡见不鲜，震惊世界的就有十多起。

墨西哥湾的特大井喷发生在 1979 年。那年 6 月 3 日，人们在墨西哥湾南面，距离尤卡坦半岛海岸 145 千米处发现一口高产井。正当大家欢腾雀跃时，一声巨响，火光冲天，油井平台成了火球。之后，蕴藏在海底的原油以每天 4080 吨的速度向海面喷出。消防队员、技术人员采取了能想到的所有措施，但都没有用，最后还是在它附近又打了两口井，减轻了主井的内压，喷势才减弱。直到第二年 3 月，历时 296 天，井喷才得以控制，期间共流出原油 45.36 万吨。漂浮在海上的黑色原油带有 10 毫米厚，480 千米长，覆盖了 1.9 万平方千米的海面。这是一次史无前例的原油污染事故，造成了严重的生态灾难，引发大批海洋生物、海鸟死亡。

墨西哥湾井喷事故不止一次。2010 年后，还发生过两次，都比较严重，记忆犹新的是 2010 年 4 月 24 日的那次。英国石油公司（BP）的“深水地平线”号海上井台发生喷火爆炸，造成 7 人重伤，11 人死亡。每天约有 3.5 万桶至 6 万桶原油泄入海中。井喷事故使海洋生物遭到了灭顶之灾，约有 28 万只海鸟，数千只海獭、斑海豹、白头海雕死亡，十几种动物的生存受到严重威胁，3 种珍稀动物濒临灭绝。

1983 年 2 月，伊朗和伊拉克爆发战争，双方都以石油为目标，意欲损毁对方，取得胜利。伊拉克的导弹瞄准了伊朗在波斯湾的诺鲁兹油田，结果有两口油井被击中，原油以每天 1370 吨的速度往外喷射。直到两伊战争结束，两口井喷出的原油已达 27 万吨。数年后，污染仍未完全清除，而被破坏的生态还不知要到何时才能修复。

油轮发生的石油倾泻事故更是几乎年年都有。

1978 年 3 月 16 日，美国的“亚莫克·卡迪兹”号油轮在法国附近海域触礁沉没，所载 22.4 万吨原油全部泄入海洋。据不完全统计，这次事故造成了 9000 多吨牡蛎和 2 万多只海鸟死亡。

1989 年 3 月 24 日，埃克森石油公司的“瓦尔迪兹”号油轮搁浅在勃莱岛附近，3.3 万吨原油泄入海洋。截至当年 10 月，污染造成 993 只海獭和 3.3 万只海鸟死亡。而这里的渔业收入每年原有一亿美元，这次事故使其付之东流。直到 14 年后，美国环境部门前来调查时，泄油所造成的海洋生态污染仍未完全消除。

资料显示，油轮事故泄油量在 10 万吨以上的就有十多起。

小李说，海洋中还有一位可怕的冷面杀手——塑料。它无处不在，难以清除，难以消解，数十年乃至上百年都很难腐烂，危害长久。

当今，塑料产品几乎渗透到我们生活的方方面面，

▲ 海鸟在被石油污染的海面上挣扎（选自视觉中国网）

从塑料袋到大型塑料制品，无处不在。这种高分子合成树脂又被称为“塑料球料”。近三四十年，全球每年大约要生产出 3 亿吨，其中有 10% 从各种渠道流入大海，成了冷面杀手，造成了难以想象的灾难。据报道，至少有 50 多种鸟会吞食塑料碎片。有人发现，剪水鸟在一天之内竟可以吞食 320 多块塑料，而在一头鲸的体内，竟有 50 多个塑料袋！陆地的塑料污染更为严重，随处可见这种“白色污染”。

小李说，清理珊瑚样带时，最烦最累的就是清除覆盖在礁上的塑料制品。

塑料对海洋的污染、生态的危害，已引起了人们极大的关注。曾有报道称，在海底发现了流入海洋的塑料竟汇成了长长的带状。最近一则报道称，21 岁的荷兰青年博彦·斯拉特立志要与海洋塑料垃圾宣战。他用了一个月的时间，在最为繁忙的海上航道调查被遗弃的塑料状况。他成立了一个团队，专门研究如何清除这些垃圾，保护海洋生态。

英国艾伦·麦克阿瑟基金会近来发出警告，如不及时采取措施，到 2050 年，海洋中塑料垃圾的重量将有可能超过鱼的重量。多可怕的数字！

还有漂浮在海中的废弃渔网，它们很隐蔽，很难发现。当海洋动物被缠住，结果只有死路一条，就像那晚见到的被网缠住的翻车鱼，若没有我们的救护，肯定没有生还的可能。据估计，在太平洋的北部，仅日本渔民的网具每年就要杀死 3 万到 8 万只海鸟。海洋中大型哺乳动物更容易上渔网的当，如海豚、海熊、海豹，甚至巨无霸鲸鱼。有人估计，全世界每年因渔网而丧生的海鸟竟达一两百万只，哺乳动物也有数十万之多。

名片 掉色

“我近年来主要研究绿藻对珊瑚礁生态系统的影响。”小李说。他是位憨厚的小伙子，平时言语不多，圆圆的脸上满是质朴。但他说这话时，我看到了很含蓄的飞扬的神采。若不注意，很难察觉这种表情，而这大约源于他在科学研究中的发现和走出困境后的喜悦。

小李说：“藻类是个繁荣的大家庭，其中一些对生命进化起了重要作用。它们是海洋生态中的重要一员，是很多生物的食物。珊瑚礁生态系统的平衡离不开海藻。其实赤潮自古以来就有，两千多年前已有记载，但没有造成灾难的记录。而现在，一谈到赤潮和浒苔，以及巢湖、太湖等内陆湖的蓝藻，却都成了生态恶化、灾难的代名词。其实，这并不是藻类的罪过，罪过在于人类使海水富营养化——以为大海什么都能装，将垃圾、废水等统统向海洋倾泻，导致海洋生态失衡，各种藻类大暴发。”

“近十多年来，广东、广西沿海暴发赤潮，北海、东海暴发浒苔，带来的灾难主要在于：一是赤潮生物聚集于鱼的鳃部，

▲ 眼斑双锯鱼（杨剑辉拍摄）

使鱼窒息而死；二是赤潮生物大量消耗水中的溶解氧，使鱼缺氧而死；三是鱼类因吞食有毒藻类而大量死亡；四是有些藻类分泌毒素，海水会因此散发恶臭……所有这些,都在警示着人类必须保护海洋。

“赤潮是海洋生态系统中的一种异常现象。它是由某些藻类在特别环境下暴发性增殖造成的。赤潮在国际上也被称为“有害藻华”或“红色幽灵”。其实赤潮的颜色并不全是赤色的，根据引发赤潮的生物种类和数量的不同，海水有时也呈现黄、绿、褐等不同颜色。在珠江口，赤潮发生时，海水一片赤红，而在青岛、烟台，浒苔却是翠绿的一片，在海面上形成几十平方千米的面积，就像海上草原。所幸，浒苔虽然造成了海洋生态危机，但形成浒苔的藻类属绿藻纲、石莼科，也称“苔条”“苔菜”，据说含有营养成分，可以食用，也可以作为饲料。当然，这还要经过科学检验。”

小李说：“三亚绿藻的大暴发也是近年的事。去年，在实验站前的海滩就捞了好几吨。这种绿藻对珊瑚的影响究竟弊大于利，还是相反；怎样控制；是否也有利用价值……我想把这些问题搞清楚！”

回到实验站没一会儿，小袁就潜水归来，手里提了个大网袋。原以为他顺手捕了几条鱼，谁知解开一看，除了塑料袋，竟然还有一只破鞋——全是垃圾！小袁气愤地说：“一百米的样带上，我只捡了几十米，就有这么多垃圾！才几天没下去清理！”

他说的样带，是“植珊瑚造礁”，恢复珊瑚礁生态系统的实验样带。前两年，他们先用钢铁三脚架、水泥预制件和废弃的小船在规定的区域造了人工礁，接着投放了人工孵化、培育的珊瑚虫苗，又移植了部分活珊瑚。离这里较远的海域，珊瑚长势不错，但鹿回头的珊瑚最让他们不放心。

小袁说：“颗粒状的垃圾将几片珊瑚都覆盖起来了。清除那些垃圾，就像用抹布擦桌子，直到氧气瓶发出警报，才不得不上来。明天还要再去清理，不然那些珊瑚都可能窒息而死！”

珊瑚的生存需要洁净的海水，这些污染物能使珊瑚致命！

小李说：“这个实验站的长期任务是对‘封海育珊瑚，植珊瑚造礁’进行监测：一是空间调查监测——监测同一时间、不同地区的珊瑚礁分布状况及其形成原因；二是时间调查监测——监测同一珊瑚礁在三五年间发生的变化及变化的原因，具不具备恢复条件。”

今天去海螺岛考察。海螺岛在保护区范围内，已开发成旅游景点。

我们乘船上了岛。小岛不大，与渔村相隔。作为旅游景点，一大特点是游客熙熙攘攘、川流不息；再是岛上遍布贝类雕塑，当然少不了唐冠螺、凤尾螺、万宝螺、鹦鹉螺，其他还有马蹄螺、红螺、贻贝、虎斑贝、芋螺等。让游客认识海洋生物的丰富性，进行科普教育，当然是

◀ 指形沙珊瑚（杨剑辉拍摄）

有意义的。

乘电瓶车到了小岛尽头，我们在海边探视珊瑚。原来南海的水透明度高，透视一两米深不成问题，但今天我们只在海滩上看到了一些破碎不堪的珊瑚礁。唯一看到珊瑚的地方是游船码头。几株珊瑚虽然都无精打采的，但从柱头闪着的荧光看，显然是活的。几条热带鱼游弋其中，很可能是用定时投喂的办法招来的。至于珊瑚是否由别处移来，就不得而知了。离岛不远，还有搞网箱养殖的。看得我们很沮丧。我们找到了保护站的工作人员，也是一问三不知。

小袁说："这里也是重灾区。一开始，珊瑚礁的状况比较好，否则旅游公司也不会看重这里。今天这个局面，是由于保护措施不到位，过度开发造成的。就这么一个小岛，每天有几千游客。"

蜈蚣岛离三亚远。下车后，乘船 20 多分钟才到。岛上人潮涌动。

旅游公司一位经理介绍情况，我首先问游客的情况。

经理说："我们是靠环境吃饭的，也就特别注意对生态的保护。每天上岛

▲ 圆盘肉芝软珊瑚（杨剑辉拍摄）

人数限定在一万。”

我知道这个小岛的面积只有 1.45 平方千米，每天一万名游客来往于岛上，是个惊人的数字！

经理说：“小岛是 2000 年开发的，我们有 50 年使用权。刚上岛时，要清理一千多米的海岸。那时，沙滩上堆满了风浪打上来的珊瑚礁，有几十厘米厚，我们用筛子筛，把细沙留下。”

既然有这么多被风浪打上来的珊瑚礁，说明当年这片海域的珊瑚是欣欣向荣的。

经理说：“现在岛上建了酒店、污水处理厂，每天有四五吨垃圾运出。小岛的北面建立了边防派出所、海洋管理站，离岸 500 米之内，不准渔船进入。我们组织渔民转行搞旅游，还在那边建了海上牧场，在上千亩的海域投放了人工礁，恢复珊瑚礁生态系统，开展海钓项目。”

看来，这位经理对“绿水青山就是金山银山”有一定认识。他所说的各种措施如能落实到位，应该说对保护珊瑚礁生态系统是有意义的。

我们环岛走了一圈，沿海确实只有摩托艇和潜水点，未看到渔船和网箱养殖。

东边还有几个山峰，植被茂盛，看来保护得较好。我见到好几株露兜，上面挂满了果实，都完好无损。露兜是海边的常见树，因其叶和果实与菠萝相似，又名野凤梨、野菠萝，乡民常将它当作护岸树，挡风沙。近年，玩家们兴起了玩手串，有种“滴血莲花”被炒得神乎其神，一串价值数百甚至数千元，其实那手串上的珠珠就是露兜的种子；其种子形似莲花，又是红色，被玩家们穿凿附会成了“滴血莲花”，因而这种树遭到了极大摧残。而这里，就在路边，居然能修成正果，没被人摘去，算难得了。

海洋部的主任安排我们乘半潜船去海底看珊瑚。所谓半潜船，就是船的下部是玻璃，游客透过玻璃可以看到海洋生物。珊瑚礁生态系统原本就是一道奇异的风景线，很多国家的海洋旅游胜地都以此来招引游客。它是一张金名片。

我们确实看到了鱼，但都是小鱼，品种也不多。活珊瑚也有，虽然比海螺岛的要多，要好，但有的珊瑚上像蒙了一层灰尘。海水中有悬浮物，与我们在西沙看到的相差太大。显然，这张名片已有些失色。

经理曾说，开放海洋娱乐活动的海域是轮换的，说明他懂得自然需要休养生息。黄山风景区在这方面有很成功的经验，像最负盛名的天都峰、莲花峰都是视生态恢复状况轮流对游客开放。

小岛上可称人满为患，平地和海滩拥满了人群。这座小岛还有座大酒店！经理所说的每天定额一万游客，这是什么概念呢？就是平均一平方米上就有一个人。这对环境是多么大的压力啊！

从旅游项目的交通船、门票、游艇、餐饮等收费标准，可以估计岛上每天收入是一两百万元。一年的产值是不难算出的。这一方面说明了旅游业，特别是以珊瑚礁生态系统为主的旅游业的巨大潜力，但另一方面却千万不能用破坏生态作代价。否则，不仅无法可持续发展，反而会毁了人类赖以生存的家园。

多年前，三亚有一海湾也曾开展过乘半潜船观看珊瑚的项目。我和李老师慕名而去，顶着烈日，排了很长时间的队，也未能购到票，只能作罢。十年后，我们兴致勃勃地再去，却见长长的沙滩上游人寥寥，售票处和半潜船已不见踪迹。那里已没有了这个项目，或者说那里已没有了珊瑚。

据说分界洲那边对珊瑚保护较好。但由于种种原因，我们没有去成。但愿那里确实较好。

我想起皇甫晖写过的一篇文章，主题是经济发展与珊瑚礁的消失成正比，她痛心疾首地呼吁人们尽快行动起来，保护珊瑚礁生态系统！

小袁思虑得更多。他说，生态资源是全民的财富，把全民的财富交给公司经营，门票为什么这样高？经营者得到的高额利润是不是应该拿出一部分投入自然保护，回馈社会？我们应该制定法规，对以生态旅游为主的旅游区收取资源保护费或生态补偿费,用于自然保护。

梦想的光辉

理想是人类的太阳，进步的阶梯，追求的目标。无论碰到了多大的艰难，多严重的挫折，理想都激励着人们勇往直前。

皇甫晖和她的追梦珊瑚科研团队经过十多年的奋斗，已获得了值得自豪的成就。

我们的相识要感谢渔民阿山，要感谢吃牡蛎硌牙的那颗珍珠，要感谢李老师拾到的红色珊瑚。机缘使我们走进了海洋深处，走进了珊瑚世界。

在和他们一同救护了翻车鱼之后，皇甫晖满足了我们的愿望，带我们考察“封海育珊瑚，植珊瑚造礁”的实验样方。

她选了个海况较好的日子，风微，浪细，阳光灿烂。在蔚蓝的大海中航行了近一个小时，我们来到了一个面积很大的泛着绿色的海域。显然，这是一个隐藏在大海中的礁盘。

小袁说："它还要再长两三米，才能成为珊瑚岛。"

大船停在礁盘外，我们全都上到小船上。皇甫晖要小船开得慢点，先巡视一番。

南海的水透明度高。透过海水，我看到了五颜六色的珊瑚像错落有致的花丛，与夜晚的珊瑚相比，阳光下的珊瑚富有雕塑美。毫不夸张地说，这是一片海底雕塑花园，彩色的蝴蝶鱼、小丑鱼恣意绕花穿梭，海藻也在曼舞。海浪时时将其变形，我倒觉得有点像隔着玻璃看水晶宫，显得摇曳多姿，洋溢着大海的美丽！

到了样方处，我看水不太深，就想一个猛子扎下去。

皇甫晖直想笑，说："刘老师，这儿可不是你老家的巢湖。你想在水下看得时间长点吗？"

几个人上来，不容分说，帮我穿戴了潜水装备，羡慕得李老师跃跃欲试，可眼看只有一套潜水装备，还是小李留在船上给我用的，也只能无话可说。

我刚潜入水下，就像落进了流动的水晶中，奇妙的海底世界扑面而来，在淡黄、淡绿相间的珊瑚上，两朵艳丽的红花是那样抢眼。我迫不及待地想游过去，却被小袁一把拉住。我一愣，再看他的手势满是告诫——别忘乎所以，初学者动作一定要慢，减少耗氧量，同时避免被锋利的珊瑚礁剐蹭。我只能报以感谢。

皇甫晖善解人意地将我领到两朵红花前。我这才看清，它们太像马戏团的笑星了——雪白的羽帽，乌黑的眼，银色的餐巾，红色的大幅裙。水波荡漾下，一副说唱逗乐的样子，引得我直想笑。当然，羽帽、餐巾、裙裾都是它的触手，条条都有几厘米长。我刚伸手扰动水波，那些红艳的触手就舞动起来了。真可爱！用现在的网络语言说，就是太萌啦！后来，我才知道，这是动物，学名管虫。

皇甫晖继续领着我环游一圈。这片海域的珊瑚很繁荣——有鹿角科珊瑚、裸肋科珊瑚、蜂巢科珊瑚等；它们的柱头都荧光闪闪，且形态还很多样，有杯状的、枝状的、块状的等。鱼类更是繁杂。说实话，我还从未见过这样好的珊瑚礁生态系统。

出水后，我问：“你们实验的样方在哪里？快带我去那里看吧！”

他们三个只是对我笑，笑得很阳光。小袁的笑容里还藏着一丝我看不透的内容。于是我问：“我说错话了吗？”

“刚看的就是实验样方！”小袁忍不住说。这时，我才明白他的笑容里藏着自豪。

小袁又要张口，皇甫晖用眼神制止，说：“刘老师，刚才只是走马观花，现在领你去看得细一点，那里还有我们移栽的珊瑚。”

是我在海底看到的珊瑚太少，还是……我带着满腹的狐疑，跟着皇甫晖下潜。在珊瑚礁中穿行，确实需要谨慎，虽然有阳光从水面射下来，但水下视力所及并不太远，且不说珊瑚参差、海藻漂浮，从珊瑚礁中蹿出的大鱼小鱼、海鳗、海蛇就得时时提防。真得感谢小袁和小笪跟随左右。

皇甫晖在一丛鹿角珊瑚处停下。它呈淡青色，枝状。虽然一眼看上去没有明显的移栽痕迹，但我不能不相信她的话。我总感觉这不应该是个技术含量高的事。我从小就在菜园里帮着大人栽菜、拔草、浇水，对这种事并不陌生。补栽的菜虽然长得和原生菜一模一样，但只要细看，总还是有区别的，比如有的无论是菜色或发棵都带有移栽的痕迹。可我浏览了几次，也没发现哪些茸枝有异样。转而一想，觉得自己挺傻的，珊瑚是动物，怎么可能像栽菜一般?

我向皇甫晖投去询问的目光。她没理睬，倒是小袁的目光给了我提示。我连忙去看那株珊瑚丛，它不仅生长得很茂盛，而且有两枝格外粗壮、饱满，犹如雄鹿的茸角。真的很像，毛发毕现。在几枝茸角后，我又发现了一块金属牌，由铁丝套着，黑色的字迹很清晰——鹿角珊瑚科。2009 年 5 月移栽。原长 4 厘米。2011 年测量：15 厘米。

两年长了 11 厘米！不可思议！

我不敢相信自己的眼睛，连忙在根部寻找移栽的痕迹，可我什么也没发现。小袁游近，用手将根部的海藻抹去——啊！确实有细微的黏结痕迹。太令人惊叹了！

在附近的珊瑚礁中，我又发现了几块金属牌，它们都与之前那棵一样，是同一年栽的，年生长量相差不大，大多在 5 厘米左右。

我在这些挂了牌子的珊瑚周围看到一些短枝，仔细察看，却没有找到黏结的痕迹，心想，它们肯定是自己生长出来的，就像大树下的幼树。小袁后来证实了我的猜想，还说因为环境较好，他们曾连续两年在此处投放了人工孵化的珊瑚虫苗。现在，这块实验样地有 1000 平方米。

自然的恢复力是如此强大！

我在附近一边看，一边感叹科学的伟大。皇甫晖和小袁却每人拿着一把特殊的剪刀，在珊瑚稠密处采珊瑚。

不一会儿，皇甫晖领着我们到了礁盘上的另一处海域。黑褐色的礁石上，是稀稀疏疏的珊瑚，与样方处相比，差距太大。

后来，皇甫晖告诉我，这里现在的状况比样方三年前的景象稍好一点。之前，这里曾遭受过长棘海星的伤害，成片白化，活的珊瑚很少很少，现在已经在恢复中，但恢复速度较慢。他们已经选了这块样地，今天进行部分移栽。

突然，小笪指了指我脚边。礁棚下有一个贝壳，黑色，形状像只耳朵。

▲ 灌丛鹿角珊瑚。（杨剑辉拍摄）

这在贝类中很少见。我又俯身看了一下，确实只有半边壳，壳上有孔，心想，这不就是渔民所说的“海耳”，也就是鲍鱼嘛！它可是四大海鲜之首，顶级宴会上必不可少的美味。看到它正要爬走，我伸手就去捡，却没捡起来。可它最多也就三四两的样子。歇后语不是常说“三个指头捡田螺——笃定”吗？我又将五个手指全用上了，还是没能捡起来！怪极了！难道它有定海神针？

小袁对我直摇手，意思是要我看他的。

他那边礁下也有一只。只见他悄悄接近，尽量不搅动水波，再慢慢伸出手——就像儿时我们去捏蜻蜓翅膀一样——而后突然出手，他已将那只鲍鱼拿到手中，翻开，将鲜嫩的肉体露了出来。是向我展示，还是炫耀他的手劲？

我很不服气，紧睁两眼去礁石边寻找。好在没一会儿，又见到一只鲍鱼，形状像耳朵，可颜色并不对。管它哩，壳的下端明明有几个孔，这是鲍鱼区别于其他贝类的重要特点。我这次攒足了劲，又摇又晃，它却丝毫未被撼动。真的老了，手无缚鸡之力？连三四两重的小鲍鱼也捡不起来？

连皇甫晖也围在边上眯眯笑，又是摇手，又是要我浮出水。那意思很明白——别白费劲儿了！

浮出海面，小袁拿着战利品对我得意扬扬地说："刘老师，鲍鱼可是具有特殊生存智慧的海贝。不知其中诀窍，很难捕捉到它！贝类动物大多是双壳动物，但鲍鱼是半壳类的海贝，只长半边的壳。你看，它的壳纹是右旋的，而大多数贝壳的壳纹都是左旋的。它日常是壳在上，肉体吸附在礁石上。"

小袁用手在壳上一撕，撕下一块黑皮，露出了褐色的壳。原来，这层皮是鲍鱼的外套膜，就像穿在身上的迷彩服。

小袁将鲍鱼黄白的肉体向上。嗬，露出的内壳是如此漂亮，像涂了层珍珠釉，闪着珠光宝气哩！

小袁说："看到了吧，这个扁平宽大的肌肉就是它的肉足。它可不是一般的肉足，鲍鱼就是靠它吸附在礁石上安营扎寨的。别看它是草食性的动物，靠食海藻为生，但吸附力惊人。有人做过测算，像这七八厘米大的鲍鱼，吸附力可达到 100 千克！所以，捡鲍鱼必须眼疾手快，以迅雷不及掩耳之势才能捡起它来。只要它稍有警觉，反应过来你的意图……"

"那它就高枕无忧了？"我连忙接话。

小袁忍不住笑出了声，直对我瞅着。意思是：它还能斗过人？

我恨得牙痒——真蠢！是呀，用铲子还铲不动？我想起在渔村看到过拾海的渔民有种小铁铲，当时奇怪他们出海还带这小玩意儿。

我问："你肯定知道鲫鱼，就是帮鲨鱼清除寄生虫，吸在鲨鱼身上四处闲逛的鲫鱼。它的背上长了吸盘，吸力也惊人。它俩谁的吸力大？"

"没比较过。"小袁答得很实在。

"鲫鱼的吸力大，用的是压缩空气的原理。鲍鱼的吸力大，用的是什么原理？"我乘胜追击。

小袁仍未发觉我的用意，只是摇了摇头。

嗨，也有你不知道的事！我找回了一点自尊。正在偷偷乐时，转而一想，又为自己的孩子气感到可笑。正想找个台阶下，皇甫晖说："前两年，我没见过这么多鲍鱼，说明这里的生态系统正依靠自然力恢复呢！鲍鱼多了就是最好的证明。珊瑚礁生态系统是几千种鱼类的家园，失去了这个海洋中的顶级生态系统，它们也就失去了栖息地。"我十分感谢她的善解人意。

他们按计划将采来的珊瑚都栽种到应栽的礁石上。栽的方法看似很简单——用一种黏合剂，将活体珊瑚粘到礁石上就行了。

按理说，我还有一些问题要问，因为看似简单的地方肯定包含了很多不简单的科学，比如该选在什么地方栽，就有很多讲究。就像很多科学家，研究了大半辈子，写过几本著作，最后却将丰富的内容浓缩成一个或几个简约的数学公式。这就是科学美的经典写照。

但我觉得在皇甫晖的精心安排下，看到的已经够我慢慢去体会了，于是便转了个方向问："经历过失败吗？"

“当然！比如该剪多大的活体珊瑚，用哪种黏合剂，哪种珊瑚最适宜移植……我们失败过很多次。可正是在失败中，我们摸索出一些经验。看来还是鹿角珊瑚科的一些品种最适宜移植，因为它们产出的卵已经受精，生命力旺盛，适应环境的能力强。我们在七连屿那边的样方地发现，最高记录是一年长了十厘米！很惊人！只是这种移植投入大，从经济角度讲，目前还不适宜大面积推广，但可以作为恢复珊瑚礁生态系统的重要措施。”

后来，在小袁他们的鼓励下，我终于捡到了三只鲍鱼。回到小船旁，看到李老师居然钓了五条石斑鱼，每个有一斤多重。我正要夸她，她却兴冲冲地说：“别急着上船。我们发现了更大的宝贝！是你一直想找的！”

这里不可能有红珊瑚、金珊瑚。难道是黑珊瑚？

她能有什么重大新闻发布？大家都被她的新闻预告惊愣了。可小李憨厚、

▼ 圆结石芝珊瑚（杨剑辉拍摄）

朴讷的笑容是对重大发现做了肯定。

皇甫晖也很惊喜。

“什么？在哪？”我问。

“在这边四五米的地方。动作温柔点，别惊动了它。”李老师说。

我悄悄地顺着她手指的方向游去。

“对，对，快到了。看到像树舌一样一层一层的珊瑚了吗？就在它右下角的海底。”她在船上导航。

我回头对他们说：“哥们儿，谁也别告诉我在哪！千万别剥夺我发现的快乐！”

叶状的珊瑚丛中，两只大眼瞪得我全身一震—— 一圈圈绿的、黄的、紫色的圈纹组成了同心圆，圆心鼓出彩色的晶体，闪着逼人的威严。啊，那敦厚、饱满的肉体是蓝绿色的，非常鲜艳，光彩照人，还有两只粗壮的触手呢！

有壳，是双壳，张开着，内壳雪白，正享受着阳光的眷顾。它最少有八九十厘米长，是贝类中的巨无霸！可外壳上却穿了件迷彩服，黑底上缀满繁星般的白斑。

啊！鲜活的砗磲原来是这样的！

我之前一直不知砗磲为何物，感觉名字怪怪的，后来在海滩上见过一只小盘大小的，那样子就像海里的蚌壳，只是外壳上有像大车碾压后留下的一条条高陇，高陇之间如渠沟。我这才悟出这家伙名叫砗磲的缘由。

有人又称它为海玉，因为它色如脂，厚实，温润如玉，可琢可雕。佛家高僧用它磨成的珠作佛珠，意在吉祥如意，用来祈福，辟邪。清朝大官用其磨成的珠缀在帽顶，串起作朝珠，显示官阶、身份。它雕成的工艺品比玉石更有灵性，因为它是生命的结晶。

和一切动植物一样，越是具有较高的审美价值或实用价值，越是在劫难逃。砗磲已处于极度濒危之中。我们来西沙这么多天，还是第一次见到这样巨大的活体砗磲！

皇甫晖看我左右审视、探索砗磲的内壳，问："找到珍珠了？"

我以笑作答。

她很聪慧："砗磲产珍珠是罕见的，就像牡蛎产珍珠一样。砗磲能长到这份上，最少也活了七八十年。它和珊瑚一样，与虫黄藻共生，因而，它的生存状况成了评估珊瑚礁生态系统的重要参考。"

"要不要伸手进去试试？看看能不能找到珍珠，会不会被夹住。"小袁打趣我。

我说："还是不打扰它吧！皇甫博士已经在南沙群岛那边做过实验了。"

上次在鹿回头，小袁和小李领我去看他们"植珊瑚造礁"的实验工程。我们选择中午下潜，因为此时基本没有游轮往返，而且那个堵心的移动大网箱也游猎到别处了。

鹿回头的海湾并不小。到了样方海域，我们三人准备潜水。把小艇交给李老师前，当然免不了要对她培训一番。她学得很专心，还乐滋滋地说："没想到我七十多岁了还能当船长，你们可得听我命令啊！"

小袁和小李把我夹在中间。刚入水，就发现这里的海水比西沙差远了，能见度只有两三米，悬浮物较多。

他们先领我巡视一番，活珊瑚的覆盖率不高，鱼也多是小型的，与我 30 多年前仅仅在离岸五六米看到的景象差距太大。样带有 100 多米长，全是用钢铁做成的三脚架，上面吊着一株株珊瑚。柱头闪着荧光，展示着生命的光华！

这样的景色给我的感受是工程量很大。

我正想问为什么不利用原有的珊瑚礁时，小李指指海底。只见那里堆积了很多破碎的礁石，而且礁石间连不成片。我想起他和我说过的炸鱼毁礁的事。难怪他说建设没有破坏快！

人哪，何时才能不再愚蠢！

他俩的任务不仅是领着我来看，更重要的是清除珊瑚上的污染物。我也依葫芦画瓢，将挂在珊瑚上的塑料片、破布、烂条撕下来，但对那些落在珊瑚上的尘埃、微粒和悬浮物就不敢轻易下手了，生怕伤害到珊瑚。

三脚架上早已被海螺、藤壶、蛤类占领了。我在永兴岛见过人工孵化育苗池，这里所吊的珊瑚应该就是从那里移植过来的。从生长情况来看，可能有一年多，接近两年了。

突然，我们听到异样声。小袁拉着我上浮。原来是几辆飞驰的水上摩托在轰鸣，激起的水花飞溅。若是给哪个冒失鬼撞上，结果肯定很惨！

李老师也被吓得不知所措。

我们每人都拖了一袋垃圾上船。

我问小李：“还有多久才能把它们移植到珊瑚礁上？”

“快了！多数已符合移植标准。”小李说。

“对面的一排，怎么长得那样差？”我又问。

“对比实验。那一排吊的是没有珊瑚虫的礁石。在考察中，我们发现这里每年产的珊瑚虫卵并不少，也就是说，珊瑚虫苗补充量不少，但着床的（安家落户的）却不多。我们做这个实验，就是为了看在自然环境下，究竟有多少珊瑚虫来安家落户。”小李说。

“是想找出珊瑚虫不附着的原因？”我问。

“是的！看起来主要还是环境污染和人为干扰。当然啦，还有别的原因，说起来就复杂了。”小李说。

“你是说利用自然恢复力是上上策，是最经济、最科学的办法？”我问。

“对！如果环境污染、滥采滥炸、过度开发等问题解决了，还需要花成百上亿元人工造礁吗？要知道千万年来，都是大海养育珊瑚，珊瑚繁荣大海。”小李说。

小袁大约看出我很郁闷，于是将话题一转：“明天咱们去野鹿岛吧，那边珊瑚恢复得较好，我们也做了实验样方。”

小李立刻接上话头：“我和小袁在那里还有一次奇遇哩！两位老师肯定知道有些鱼夜里也要睡觉，但你们肯定不知道它们还有很多稀奇古怪的睡法！”

李老师来精神了：“还能像短尾猴那样抱成团，打呼噜？”

“别逗我们了。抱成团御寒，我信，但它们怎么可能像人一样，睡熟了打呼噜？”小袁当然领会到小李的用意。

“不信？刘老师 30 多年前在黄山参与过对野人的考察，最后发现所谓的野人就是短尾猴。他们特意在夜里去看这种体格健壮的大猴是怎么睡觉的，还真的亲耳听到它们打呼噜，呼噜声有的像扯号子，有的像喘不过来气。他们怕山民不信，还特意录了音。那时要找到一部录音机还真不容易哩！刘老师，是不是？”李老师说。

我只能点头。

小李说：“人和猴子同属灵长类，生活习性与人相似不足为怪。可你能想到有的鱼睡觉时，还套睡袋吗？”

“你别哄人了。袁博士，你信吗？”李老师不依不饶的劲头上来了。

“我也不信。可那是我俩亲眼所见。”小李说。

“那就请李博士赶快道来！”李老师说。

小李清清嗓子，开始讲故事：

“那天晚上，我们夜潜，检查样带上珊瑚虫的附着情况，特别是有珊瑚藻的礁石上的情况。

“无意中，我们看到一条鹦鹉鱼，总有两三斤重。这种鱼肉质鲜美，这样的好事我们还能放过？正在想怎么才能抓到它，它却钻进了一个礁洞。我们估摸着它是来啃珊瑚的。这真是个千载难逢的好机会，只要堵住洞口，就能瓮中捉鳖了。我们立刻分配了任务，小袁堵洞，我捉鱼。

▼ 棘鹿角珊瑚（杨剑辉拍摄）

"可一看它奇怪的动作，我们就无法下手了。奇怪在哪儿呢？

"它正吹出一个水泡。这个水泡越吹越大。可海水不是肥皂水啊！必然是它分泌出一种物质，使水泡不炸。

"吹着吹着，这个水泡竟然把它罩了进去。这更令我们难以置信！过去，我们只知道蚕作茧自缚，那是从外到里一层层地把自己裹起来。可它吹的是个大水泡，怎么能像织了个玻璃罩把自己罩起来呢？因为怕灯光对它有干扰，我们一直不敢用头灯对着它。太神奇了！我至今都没想通。

"我们等着它的后续动作，没想到它就那样浮在气泡中，一动也不动。

"哈哈，原来是睡了！给自己造个睡袋，设上防卫装置后，就睡了！"

故事说完了，大家心里都增添了一份对生命的赞美！

"后来呢？"李老师忍不住小声问。

"我们悄悄地退回了，生怕打扰了它的美梦。回到所里，问过鱼类学家，才知道鹦鹉鱼的皮肤能分泌一种黏液，用它制造睡袋，可以隔绝气味，避开敌人，还能防止寄生虫侵扰。一觉醒来，这个睡袋又成了鹦鹉鱼的早餐！"小李说。

第二天，小艇大约航行了一个小时，才到达野鹿岛。

潜到海下，我依然能看到当年台风对珊瑚礁的摧残痕迹。迎风的一面，随处可见被狂风巨浪打碎的珊瑚——有的堆成了小丘，有的则在海底铺了厚厚的一层。但就在这些珊瑚的残骸上，新的珊瑚又长了起来。我目测几株枝状珊瑚已有四五十厘米高了。鹿角珊瑚特别繁荣，叉枝林立。块状的蜂巢珊瑚、脑状珊瑚体量较大，海葵、软珊瑚间杂其中。一株硕大的柳珊瑚直径竟有七八十厘米。围绕在四周的鱼类也很丰富。总之，与我们在西沙看到的样方相似，几乎没有一眼就看出的差异。

小袁对我说："那年台风刚过，我们就匆匆赶来。看到的景象用惨不忍睹来形容也不过分。谁都在想，还能恢复吗？可皇甫老师却在劫后余生的珊瑚中看到了希望。她认为台风造成的灾难并不是毁灭性的。避风的一面，珊瑚的损失不是太大。即使是正面遭袭的，不是仍有珊瑚挺立吗？于是，我们制订了以投放珊瑚虫苗为主的恢复计划，连续投放了四年珊瑚虫苗，现在已有了彻底的恢复。你看,那片珊瑚已超过了原来的景象。”

小李的话使我想起塔克拉玛干大沙漠的胡杨。胡杨是大沙漠中唯一的乔木。正是因为有胡杨阻挡了风沙的侵袭，才涵养、保护了贯穿大沙漠的塔里木河，才创造出一个个绿洲。胡杨极耐干旱、盐碱，当地人用“胡杨三千岁”来赞美它顽强的生命力，意为：活着千年不死，死后千年不倒，倒后千年不朽。我曾亲眼看到一棵倒在沙上的胡杨树干上又挺立起新枝，灰绿的叶片缀满枝头。林业学家告诉我，胡杨遇到极其干旱或狂风肆虐的年份，会为了保存生命而选择倒下，待来年有了水的滋润，再飒然挺立，获得新生。我还见过一个沙丘斜坡上冒出了一片胡杨幼林。向导说，沙坡下面曾有一片胡杨被风沙掩埋。生命是如此壮美！自然之力是如此强大！

我问：“这里为什么没遭到人为破坏？”

小李指着高高飘扬的五星红旗：“岛上有守卫的战士，是这群最可爱的人保护了这片珊瑚！”

深海更迷人

我们和皇甫晖及其科研团队相识已经四年了。对他们劈风斩浪、不屈不挠的精神有了深刻体会，也对他们取得的骄人成绩由衷地敬佩。但我始终在想，他们最重要的功绩在哪里?

我想，首先是展现了海洋之美，特别是创造了热带绿洲是珊瑚之美，唤醒了人们的海洋意识，激发了人们崇敬海洋、保护海洋的意识。

千万别只记住我国有 960 万平方千米的陆地，还应重视起 300 万平方千米的海疆。海上家园同样是我们民族生存发展的根本。

我们对海洋知道多少呢？海洋学家说，人类现今对海洋的认识只有 1%，我们对海洋的认识应比 1% 更少！

正如皇甫晖所说，海洋生物生活在大海，珊瑚生活在海底，它们的生态环境和生存状况并不如陆地生物容易看得真切。要根除农耕社会的长久影响，需要决绝的勇气和切实的措施，将“21 世纪是海洋世纪”落到实处。

我将这意思告诉了皇甫晖。

她笑了，说："很高兴刘老师理解我们。但要人们真正认识到'绿水青山就是金山银山''生态系统服务功能的价值是财富'，路还长着哩！只靠科学家和相关单位来努力，生态文明何时才能建成？我非常赞同您说的最重要的是树立生态道德，只有人们树立了生态道德，才可能将保护自然、保护生态作为自觉的行为，才不至于落入'破坏后再修复，修复后再破坏'的怪圈。正如您所说，这是需要几代人的努力，才能形成的崇高风尚。"

我听了，非常感慨："看样子，你们这个课题快结题了，从有了梦想到实现梦想，应是人生最大的快乐！"

皇甫晖说："'封海育珊瑚，植珊瑚造礁'从理论到实践已有了经验，准备在专家评审后，就移交给相关机构推广、实施。当然，我们还要帮助培养一批技术骨干。不过，这只是珊瑚生态学与珊瑚礁生态学课题的阶段性成果。梦想也有阶段性，小梦想不断积累，有一天才能实现更大的梦想。我们追梦之旅从来就没有终点！"

我没有再说话，只是看着她犹如深邃大海的眼睛，希望听到她说出后面将要追寻的目标。

她说："我们将去探索深海珊瑚。现在硬件具备了，不仅有了潜水钟，'蛟龙'号深潜器也已经可以潜到海下七千米了。"

我问："是去考察宝石级的红珊瑚、金珊瑚吗？"

她说："红珊瑚、金珊瑚也像海底石油、金属结核，同是大自然馈赠给人类的财富。我们有什么理由不去保护呢？再说，这也是我老师邹教授的遗愿。”

是的，人们创造了深潜器，发现了深海热泉附近依然有鲜活的生命，有虾，有水母，还有奇形怪状的鱼。它们能承受强大的水压，适应高温，甚至吃甲烷。它们已经改变了我们对生命存在的基本条件的认识，过去我们一直认为那是生命的禁区。生命起源于海洋，对生命的起源不是还有更多的奥妙等待我们去探索吗？

生命起源、天体演变、物质结构是当今科学的三大尖端课题。只要有一点突破，那必将带来科学的巨大革命，从而造福人类！

2016 年 2 月初稿

2016 年 3 月二稿

2016 年 5 月三稿

2016 年 9 月定稿

刘先平 40年 大自然考察、探险主要经历

1974年

参加野生动物科学考察队和建立自然保护区的考察，主要区域在皖南的黄山和皖西的大别山。1980年以前这里一直是刘先平的生活基地，至今每年至少会去考察两三次。

1981年

4月，在云南西双版纳考察热带雨林。5月，在四川平武—黄龙—九寨沟—红原—卧龙等地探险，参加考察大熊猫。之后，在四川参加保护大熊猫、金丝猴考察，前后历时六年。

1982年

在浙江舟山群岛考察生态和小叶鹅耳枥。

1983年

10月，在大连考察鸟类迁徙路线。11月，在广东万山群岛考察猕猴，在海南岛考察热带雨林、珊瑚。

1985年

在辽宁丹东—黑龙江小兴安岭考察森林生态。

1986年

8月，在新疆吐鲁番—乌苏—喀什等地探险及考察生态。

1988年

在甘肃酒泉、敦煌等地考察生态。

1991年

应邀赴法国、英国访问、讲学，同时考察生态。

1992年

8月，在黑龙江大兴安岭—内蒙古呼伦贝尔大草原考察生态。

1993年

8月，应邀赴澳大利亚访学、讲学，同时考察生态。

1995年

9月，在黑龙江考察东北虎。

1996年

12月，考察鄱阳湖、长江中游湿地、候鸟越冬地。

1997年

11月，应邀参加中国作家代表团赴泰国访问、考察亚洲象。12月，在海南岛考察五指山—霸王岭黑冠长臂猿。

1998年

7月，在云南考察澄江寒武纪生物大暴发化石群—抵达腾冲，原计划去高黎贡山寻找大树杜鹃王，因雨季受阻—在西双版纳探险野象谷。8月，在新疆考察野马—喀纳斯湖—巴音布鲁克天鹅故乡—首次穿越塔克拉玛干大沙漠。

1999 年

4 月，在福建考察武夷山等自然保护区，寻找华南虎。7 月，应邀赴加拿大、美国访问、交流。8 月，一上青藏高原，主要考察青海湖。9 月，在贵州考察麻阳河黑叶猴—梵净山黔金丝猴。

2000 年

1 月，考察深圳仙湖植物园。5 月，考察江苏大丰麋鹿自然保护区。7 月，二上青藏高原，探险黄河源、长江源、澜沧江源，由青海囊谦澜沧江大峡谷至西藏类乌齐；再至云南德钦，沿三江并流地区寻找滇金丝猴。10 月，在广西考察白头叶猴。11 月，至海南，再次考察大田坡鹿、红树林生态变化。

2001 年

8 月，应邀赴南非访问、讲学，考察野生动植物。

2002 年

3 月，在安徽砀山考察。4 月，在高黎贡山寻找大树杜鹃，一探怒江大峡谷，但因大雪封山，未能到达独龙江。6 月，在湖北石首考察麋鹿。7 月，再去江苏大丰考察麋鹿。8 月，三上青藏高原，探险林芝巨柏群、雅鲁藏布江大峡谷、珠穆朗玛峰自然保护区。

2003 年

4 月，在四川北川考察川金丝猴、大熊猫、牛羚。8 月，应邀访问英国、挪威、丹麦、瑞典，由挪威进入北极圈。

2004年

8月，横穿中国，由南线走进帕米尔高原，考察山之源生态、风土人情，路线是青海柴达木盆地的察尔汗盐湖—可可西里—雅丹地貌—花土沟油田，翻越阿尔金山到新疆若羌，再次穿越塔克拉玛干大沙漠，至帕米尔高原。10月，参加中国作家代表团访问南非、毛里求斯、新加坡。

2005年

7月，横穿中国，由北线走进帕米尔高原，寻找雪豹、大角羊、野骆驼。路线是甘肃河西走廊—罗布泊边缘，再次从北线穿越柴达木盆地到花土沟油田—原计划进入阿尔金山自然保护区，未成，回敦煌—库尔勒，第三次穿越塔克拉玛干大沙漠，经托木尔峰—伽师—帕米尔高原，至红旗拉甫。10月，在重庆金佛山寻找黑叶猴—在沿河土家族自治县再探黑叶猴。

2006年

4月，二探怒江大峡谷，但又因大雪封山未能进入独龙江，转至瑞丽。6月，在黑龙江佳木斯考察三江平原湿地。10月，第三次探险怒江大峡谷，终于到达独龙江。

2007年

7月，在山东等地考察候鸟迁徙路线。9月，在四川马尔康—若尔盖湿地—贡嘎山等地寻访麝等。

2008年

7月，考察东北火山群，黑龙江五大连池—吉林长白山，考察辽宁朝阳古化石群。9月，应邀访问英国、丹麦。

2009年

6月，考察陕西秦岭南北气候分界线、大熊猫、羚牛。

9月，应邀出席在西班牙举行的国际安徒生奖颁奖典礼，考察瑞士高山湖泊、德国黑森林的保护。

2010年

2011年

6月、9月、10月，在海南、西沙群岛探险。

7月，在神农架自然保护区探险。8月，六上青藏高原，考察青海湖—花土沟油田，在八年的时间里尝试了三次，终于在2012年进入阿尔金山自然保护区—西藏拉萨。

2012年

刘先平 40年 大自然考察、探险主要经历

2013年

7月，考察湘西和张家界的生态。8月，在呼伦贝尔大草原考察。9月，在南麂列岛考察。

2014年

3月，在云南、贵州考察喀斯特地貌和杜鹃花王。

2015年

3月，在南海考察珊瑚。8月，在宁夏考察贺兰山、沙坡头、白芨滩、哈巴湖自然保护区。

2016年

7月，考察英国皇家植物园和白崖。9月，考察黄山九龙峰自然保护区。10月，考察长江三峡自然保护区、恩施鱼木寨、水杉王、恩施大峡谷。

图书在版编目（CIP）数据

追梦珊瑚：献给为保护珊瑚而奋斗的科学家 / 刘先平著. —武汉：长江少年儿童出版社，2017.1
ISBN 978-7-5560-5724-5

Ⅰ. ①追… Ⅱ. ①刘… Ⅲ. ①纪实文学—中国—当代 Ⅳ. ① I25

中国版本图书馆 CIP 数据核字（2017）第 055436 号

追梦珊瑚——献给为保护珊瑚而奋斗的科学家

作　　者：刘先平

策　　划：李　兵
首席编辑：刘春霞
美术总监：吴　涛
责任编辑：胡同印　吴炫凝
美术编辑：朱晓彦
图片提供：李珍英　杨剑辉　西沙海洋博物馆
　　　　　视觉中国网　海洛创意网　汇图网
责任校对：莫大伟
责任印制：顾　斌

出版发行：长江少年儿童出版社（集团）有限公司
社　　址：武汉市雄楚大街268号出版文化城爱立方大楼
邮政编码：430070
业务电话：（027）87679199　（027）87679179
电子邮件：cjcpg_cp@163.com
网　　址：http://www.cjcpg.com
承 印 厂：武汉市金港彩印有限公司
经　　销：新华书店湖北发行所
规　　格：720毫米×1000毫米
开　　本：16开
字　　数：163千字
图 片 数：69幅
印　　张：17
印　　次：2017年1月第1版，2018年3月第2次印刷
书　　号：ISBN 978-7-5560-5724-5
定　　价：36.00元